———— 阅读之前 没有真相

午夜文库

虚幻女友

[日] 酒本步 著
星野空 译

新 星 出 版 社　NEW STAR PRESS

第一章

1

"家有丧事，恕不贺年。"

真木岛风太漠然地看着公寓信箱里的明信片，以为是哪个亲戚阿婆去世了——会寄贺年片的也就是乡下的亲戚了。但接着他所读到的文字，却让他险些拿不稳手中的明信片。

"今年二月，长女美咲辞世。"

他怔怔地盯着背景照片里的蒲公英。被风吹散的白色绒毛如梦似幻。

美咲死了？开什么玩笑。她才三十一还是三十二岁吧。

风太的胃一阵抽紧。他和美咲大约是在三年前分手的。虽然交往的时间不算太长，但突然收到往日女友的讣告终究会感到震惊。

屁股口袋里的智能手机响了，屏幕上显示着"佐佐木（LUCKY）"。明明才从她家离开，是出什么事了吗？风太虽然记挂着美咲的事，但工作电话却不得不接。

"你好，我是真木岛。"

"我是佐佐木。是关于 LUCKY 的事，那之后它就一直不起来。"

"不起来……有什么不对劲的地方吗，比如喘息，或者痉挛？"

"没，这倒没有，不过它从没睡过那么长的午觉……好像筋疲力尽的样子。"

风太偷偷松了口气。

"这个啊，我想是因为它在公园散步了太久，所以累了。"

LUCKY被交到风太手里时，佐佐木小姐说因为忙，她很少带它出门。或许是这个原因，LUCKY明显有些肥胖。柯基很喜欢运动，所以风太就让它跑了个尽兴，结果筋疲力尽的反而是拉着牵引绳的风太。这么一来它也的确会困吧。

"而且它在回家见到佐佐木小姐后也感到安心了吧。请再观察一下。"

"但是我担心……"佐佐木的声音显得不安，风太回想起她的容颜。虽然她看起来颇有大家闺秀的风范，但却好像是某个公司的管理层。明明和自己的年龄差不太多，真是人不可貌相。

或者说在职场上她会演好严厉的上司？如果是那样，她应该积累了相当大的压力吧。

"我明白了，我这就赶来。"

风太按下中断通话的图标。骑自行车去佐佐木家大约需要十五分钟，当面说比打电话要来得快。而且对于客户必须重视，像这样立刻赶去就能得到客户的信赖，既会带来下一次工作，还能提高口碑。

风太在结束了白领工作后就做起了狗保姆。他不是被辞退——应届毕业后进入的公司因为社长的放荡儿子挪用公款而轰然破产。虽然只有大约八年的职场经历，但风太认识到自己不适合做公司职员。"你在想些什么啊！"即使遭到了那些在求职网站注册的同事以及身为公司职员的友人的反对，他还是选择了一个人的工作。

出乎意料的是，身在富山的母亲却对风太的决定表示理解，她似乎认定了风太在不稳定的工作上失败后就会回老家。然而今年已经是风太成为狗保姆后的第六年，再继续下去这份职历就比公司任职还长了。母亲虽然因为事与愿违而懊恼，但其实风太倒也不讨厌乡下。

雄伟的北阿尔卑斯山脉，宛如撒下金砂银砂的璀璨星空、新鲜收获的山珍海味，可以推心置腹的好友们。风太曾无数次想过要回去。而且老家还养着两条柴犬，虽然已经相当年迈，却是风太重要的朋友。它们还精神十足吗？

如果风太家境殷实，或许他会立志成为兽医——风太对狗就是这么喜欢。狗保姆提供的主要服务原本只是照顾被独自留在家里的狗狗，提供饮食以及带它们散步，但实际上几乎什么都干。

昨天佐佐木就因为突然出差而寄养了LUCKY一个晚上。这就和宠物旅馆没差别了，而现在他正被当成兽医咨询。其实要做这些必须得有证书以及资质认可，但如果要讲这些，那缝隙行业就会无法维持——不能写在收费项目上的内容才是最赚钱的。

风太重新背上放在玄关处的双肩包，这才留意到自己一直拿着那张明信片。他再次念了念那区区两行的文字，然后把明信片放进双肩包离开了房间。骑上停在公寓前非机动车停车场的女式单车，穿过平和桥路赶往江户川区。对于这种社区型的工作来说，可以在任何小马路上畅行的自行车比汽车更适用。

十一月傍晚的风带着丝丝寒意。风太踩着单车，满脑子都是美咲。那个开朗的女子……竟然去世了。

"我才二十多，可别把我和风太君混为一谈哦。"她顽皮地笑着。美咲比风太小四岁，交往的时候二十九岁，所以她享年三十三岁。

她是生病了吗，或者说是事故？分手后他们彼此就没有联络，这个消息简直是晴空霹雳。道路两旁的路灯亮起了白光，很快就是新小岩站的交叉路口。风太打开自行车的车灯。以前他曾在这里被警察盘问过。

似乎只要不亮灯就一律会被盘问。虽说只要自行车不是被盗车辆并且说明身份来历就能立刻被放行，但当风太说自己是狗保姆后，年轻的警察却一脸狐疑——他觉得风太很可疑。只有喜欢狗的人才能理解这个职业。

美咲也很喜欢狗，他们第一次见面就是在幕张举办的狗展上。宽敞的会场里有各种活动——狗狗撒欢场、免费训练角、职业摄影师的爱犬摄影、狗粮的取样调查，等等。出于工作原因，风太被派去给狗展的工作人员帮忙。

而美咲的目标据说是其中的"流浪狗领养区"，在那里她对迷你腊肠犬可可一见钟情。在完成了可可的领养手续后，美咲来到风太负责的狗狗饲养咨询角。向第一次养狗的美咲讲解身为主人的心得以及接狗的准备工作——这就是风太和美咲的初次相遇。

虽然风太对于自己是否确切地回答了美咲东一茬西一茬的提问没有自信，但在领养了可可之后，美咲还是来咨询了他很多次。她没有养过狗，对养狗的常识自然也就一无所知。

不论什么问题，风太都会毫不吝啬时间地调查，像对自己亲人一般地回答。美咲似乎就是因此对风太产生了好感，而风太也因为被依赖而感到欢喜。风太博客的内容是"回答关于狗狗的常见问题"，有一阵几乎所有的提问都来自美咲。

推荐自己加入狗狗救助活动的也是美咲。那是一个名为"汪汪救助队"的志愿者团体，虽然名字没什么品位，但成员全是十分认真踏实的人。遭主人抛弃后迷路的狗会被处理掉，成员们为了救助这些狗而竭尽全力。风太很快就被这份热情感染了。

"因为风太君既踏实又善良，所以我觉得很适合。"

想起美咲的酒窝，风太感到眼眶一热。他使劲地踩着踏板。不知从什么时候开始，风太和美咲开始把可可留在家里后单独见面。又过了一阵，当风太正要开始认真思考和美咲之间的事时，也到了分手的时刻。他们的交往连半年都不到。

"啊，就是这儿。"

风太险些骑过佐佐木所住公寓的街角。他把爱车滑入五层高的公寓的入口，抬头望着茶色的外墙。他听说过这栋建成不到五年的公寓允许饲养小型犬。据说最初是禁止饲养的，但因为偷养的人越来越多，也就渐渐默许了。

他跑上楼梯，按响了佐佐木位于二楼的房门门铃。

"真不好意思，让你特地赶过来。"

房门开了。佐佐木微笑着，身穿一件看着就很柔软的针织毛衣。她似乎早就等在门口，说话的语调也有别于电话里听到的不安。

"请进。"

"打扰了。小LUCKY没事吧？"

风太才换上佐佐木拿给他的拖鞋，LUCKY就啪嗒啪嗒地从客厅里跑了出来。

"咦?"

LUCKY"汪"的一声就撒着小短腿扑向了风太。

"搞什么呀,你这不是很精神嘛。"

风太膝盖着地,伸手抚摸LUCKY的身体,LUCKY热烈地摆着尾巴,看起来没有任何异常。

"那个,它刚刚醒。这小家伙也真是的,一副若无其事的样子……"

风太挠着LUCKY的脖子苦笑。

"应该就是运动以后累了吧。不过它在公园里玩得很尽兴、很开心哦。"

LUCKY在风太的双膝之间"呼呼"地翻着肚子。

"它喝过水了吗?"

"是的,起来后立刻就喝了个够。然后也嘘嘘了。"

风太又看了看LUCKY如同穿了白袜子一般的脚底肉球,没有肿胀。

"很好,没有问题。佐佐木小姐,一切都正常,真是太好了。"

风太站起身,佐佐木一脸不好意思。

"是我大惊小怪了,真不好意思。真木岛先生,要不吃个饭吧?"

"欸?这……"

"就当我赔不是了。我在长野出差时买了很好喝的葡萄酒。"

佐佐木拉着风太的袖子去客厅,LUCKY在他脚边绕来绕去。番茄酱的香味刺激着嗅觉,爵士情歌的旋律悠扬流淌。

"我爸爸去香港旅行了,不用担心。"

铺着白色桌布的餐桌上摆着葡萄酒以及两只酒杯。

2

"什么呀，然后你就逃过来了吗？"

南原雪枝吐着烟圈笑道。

"我可差点儿被逮住吃掉了！"

风太对着正在往酒杯里倒葡萄酒的佐佐木说了一句"对不起，下一位客人正在等"之后，慌慌张张地离开了——还被LUCKY吼了。

"丢人啊，风太。那位佐佐木小姐不是你的菜？"

"她可是既有女人味又好看的。"

"那你稍微陪陪她多好呀。"

回来的路上，他临时起意联络雪枝，问她"要不要去立石喝酒"，雪枝当即就表示OK。对于喜欢喝酒的雪枝来说，被称为"醉鬼圣地"的立石似乎很有吸引力。

"佐佐木小姐可能会领养我们救助的狗吧？"

"是啊，她说想给LUCKY找个伴。虽说她是打算在店里买的，但如果拜托她的话应该可以。"

LUCKY被单独留在家里的时候会因为压力而脱毛。

"下次就是'汪汪救助队'在年内最后一次召开领养会了，我们得找许多领养人，毕竟狗粮是一笔很大的开支。你就算是陪睡也得把她抓住。"

隔壁桌正在夹炖肉吃的白领瞄向这边，大概是听到了"陪睡"这个词吧。他目不转睛地看着身穿男式短夹克，留着一头超短发的雪枝，像是在判断她是男是女。

"别看她这样,怎么说也是个女的。"风太很想这么告诉他。雪枝在休息日似乎会去练搏击。身材纤细的她总是穿着男装,只要不发声别人就分不清她是男是女。他们第一次遇见是听她介绍"汪汪救助队"。她开口的第一句话就是:"我是南原雪枝,在宝冢担任男角。"然后做了个鬼脸。从那天起,风太开始参与狗狗救助活动。

乍看之下,雪枝走的算是男装丽人的路线,但一旦开始聊天,她就会立刻失控,堕落到猥琐大叔的级别。对风太来说,不用当她是女人,交际时很轻松。雪枝虽然比他小两岁,但因为是风太的指导员,所以对他说话不用敬语。

"你特地把我叫出来,要说的就是这些?"

"怎么可能,不是的。你看下这张明信片。"

风太从双肩包里取出明信片放到桌上。

"哦,是服丧期间的明信片吗?我好久没见过这种东西了,新年问候这些都只发邮件或者LINE。"

雪枝一边把玻璃杯送到嘴边,一边拿起明信片。

"哎?这个美咲是领养了可可的那个人吗?"

风太点了点头。

"她去世了吗?"

"你也不知情吗?"

是美咲把雪枝介绍给风太的,而且美咲对豪爽的雪枝由衷钦佩。雪枝似乎很有女人缘。

"为什么?怎么回事?"

"我也想知道啊。"

"你不是和美咲小姐交往过吗?"

"早就分手了呀。"

雪枝把手中玻璃杯里的苏打水威士忌一饮而尽。

"她比我小两岁吧,美好的人生这不是刚开始吗?"

"那啥,我也很震惊。"

"美咲小姐太可怜了。"

雪枝神情异常,和平时完全不同。

"不知道发生了什么……"

"这个没写地址吧。"

雪枝翻来覆去地看着明信片。

"咦?啊,是没写呢。但地址我知道,就在吉祥寺那里。"

"我不是在说这个。服丧期间的明信片是表示'暂停一次互送贺年片,下次还请多关照'的意思吧?但这张的感觉却是让人'不要再送',你不觉得像是绝交吗?"

"啊……被你这么一说……"

雪枝经常指出风太完全没有察觉到的事。

"唔……不过这倒也没啥……"

点燃第二支烟的雪枝望着喷出的烟雾。

"这样啊,所以风太你才会一脸烦闷啊。"

"前女友死了,有这样的反应不是很正常嘛。"

"美咲小姐是个很可靠的人,我以前倒是觉得她和不靠谱的风太挺配的。"

美咲的笑容再次浮现在风太的脑海,他低下了头。突然击掌声轻轻响起,风太又抬起了脸,只见雪枝正闭着眼双手合十,她的睫毛很长。

"好了,我刚才已经用力为美咲的冥福祈祷了,现在吃饭、喝酒,打起精神来!"

雪枝对着风太举起酒杯。

"就算风太意气消沉,美咲小姐也不会高兴的。是吧?"

"是啊。"

风太一口气喝空了玻璃杯里的酒。雪枝笑了。

"原来是这样,所以你才会没有兴致陪那位美丽的女性喝葡萄酒。"

"这事就别提了。"

"好的好的。来,吃吧。"

雪枝把炖肉和炒菜分到风太的小碟子里,这可是雪枝罕见的服务。

"你吃午饭了吗?就算长得再高,如果瘦巴巴的那也不成样哦。"

从企业离职后,风太经常忘记吃饭,甚至会在肚子饿得震天响时才想起自己前一天什么都没有吃。比起在公司任职的日子,风太足足瘦了五公斤。

"见到风太就无条件投食。"

"那是啥?"

"是'汪汪救助队'的口号。"

"别这样,真不像话,没事救助我干什么!"

风太拿起筷子扒拉着小碟子里的菜,雪枝把烟熄灭在烟灰缸里。

"那么,去下一摊吧。"

雪枝大步流星地走在京成线沿线,说是要探访杂志上介绍过的店。

"我就免了,明天还有工作。"

风太推着单车走。

"哎？你是要孤零零地回到昏暗的公寓里哭喊'美咲——'吗？"

"都叫你别开玩笑了。"

虽说哭不哭是另外一回事，但他在便利店买了日本酒是事实。

"悼念故人还是热闹些好，你就陪陪我吧。"

虽然这话听着老气横秋，但风太很欣慰，她也在为美咲的死而悲伤。

"啊，就是这家。"

雪枝停下脚步。这是一家干净整洁的关东煮店，一点都没有立石风格。透过入口处的一整面玻璃门可以看到店内其乐融融的顾客。

"哎呀，客满了吗？明明才七点……唔，禁烟啊。"

风太倒是哪怕换一家店也想和雪枝喝一会儿，他想和她聊聊美咲。

"没办法，这家店很有人气，稍微等等看吧。我想大家都是在开巡，应该很快就能翻桌。"

一晚上逐店喝好几家的行为被称为"开巡"，这在立石流行。风太停好自行车，雪枝在一旁掏出了烟。

"你和美咲小姐为什么会分手？"

风太已经习惯雪枝毫无顾忌的性格了。

"没有什么为什么，就是我被甩了。"

风太回忆起两人一起去的玫瑰园。自那天起，美咲就变得很别扭。或许是因为风太急着想要拉近和她的距离吧。后来风太也思考过"女人心，海底针"的这个说法。

"咦？你看起来明明挺帅的。啊，不过我觉得你把这邂逅的胡子剃掉比较好。"

"真没礼貌，我这胡子每天打理也很费事的。"

雪枝狞笑着把烟凑近风太的下巴。

"喂，很烫的！"

"我在想帮你烧了它……原来是这样啊，你不擅长应付女生的事被发现了啊。"

风太叹了口气，没有否认。风太从小就对女性抱有某种恐惧心理。如果在教室里和女生单独相处，还会出一身恼人的汗，这令他颇为困扰。如今他虽然掩饰得很好，但本性并没有改变。雪枝在某些地方特别敏锐，很快就看穿了他。

"如果大家都像雪枝这样就好了。"

"别爱上我啊。"

雪枝"咚"地拍了拍风太的背。

"疼，别闹。"

不知什么时候排在他们身后的两个人拼命忍着笑。

"要是你能就此不外强中干就好了。"

"我说，我也是很辛苦的，也是在社会的蹂躏中成长着的。"

"真的吗？不过你在当狗保姆以后就走桃花运了吧。你和几个人交往过来着？"

风太竖起了三根手指，三人都是在他离开公司开始现在的工作后遇到的。真是令人吃惊，是因为脱下西装后人也放松了吗？或许还有个很重要的原因，那就是在讨论自己喜欢的狗狗时，他不会为了话题犯愁。多亏于此，风太已经很习惯和女性相处了。

"可惜的是全都拜拜了。"

"先声明一下，都不是我主动分手的。"

雪枝姣好的嘴唇吞云吐雾。

"到了三十前后女人会很拼,遇到过得去的男人就先下手为强。"

也就是说,在试着交往后,她们发现风太作为男人还有不足之处。或许正如雪枝所言,风太还很笨拙吧。风太自己也明白。

"顺便问问,美咲之前你交的女朋友是什么样的?"

"就天真烂漫的感觉吧,人很好、不会撒谎的那种。"

"她现在怎么样了?"

"不清楚,完全不知道。"

风太回忆起兰的笑容。

"那可是前女友啊,你都不关心吗?"

"已经是四年前的事了。"

"冷漠的男人。哦,好像有空位了。"

有顾客正在结账。雪枝不安分地张望着店里的菜单。自己很冷漠吗?其他人会对分手了的恋人近况还了如指掌吗?风太拿出手机点下博客的图标,画面上显示出他几乎每天更新的博客首页。虽然这是回答在养狗方面的困扰以及麻烦的博客,但有时候会带来照顾狗狗的工作。

并没有来自客人的联络。兰曾经是这个博客的热心读者。风太对频繁在博客礼貌留言的兰很感兴趣,在建立虚拟形象一起游玩后不到一个月,他就收到了邀约:"能否见一次面?"

兰比风太小两岁,她或许已经结婚了。风太希望她幸福,又想要看看她的博客。她的博客类型是随性的日记,现在还在更新吗?分手的时候风太因为不想拖泥带水而取消了关注,于是他在记忆中搜索兰的博客标题。

风太感到有些心跳加速。手机屏上加载出兰的博客文章，显示在最上面的文章标题赫然映入眼帘——再见，珍重。

3

"好嘞，去下一家。"

肩膀撞上从店里出来的身穿中袖衬衫的男人后，风太才回过神来。

"风太，别发愣了，快进来。"

风太紧握手机，雪枝拽着他的手臂将他拉到身边的座位上。

"大叔，来两人份的关东煮，您看着办就好。啊，记得放番茄，还有……"

风太隐约听到雪枝噼里啪啦下单的声音。他又一次注视手机上那只有一句话的标题。

这莫非意味着……不不，我在想什么呀。

"你怎么了？啤酒来了哦。"

雪枝一脸讶异。

"这个是我在美咲之前交往的女朋友的博客。"

"辛苦了！知道她消息了啊。难道贴了小孩的照片？"

雪枝瞅着放在吧台上的手机。

"再见，珍重？哇，所以你也被这个人甩了啊。"

"我说，虽然我被甩是事实，但这事无关紧要。我说了这是她的博客了吧，这个是对所有人可见的。你看日期，将近两年前了。"

"你说过和她分手在四年前吧？嗯，因为没东西可以写所以厌倦了吧？最近有 LINE 还有 INSTRGRAM，所以就从博客毕业了。"

"如果是那样，写的不该是'告别博客'吗？"

"这种事我怎么知道，别嘟嘟囔囔的，看下正文就知道了吧。"

"因为发生了美咲的事，就有点儿……慌。"

"啥？你多虑了啦。"

雪枝用手指操作着屏幕，正文出现了。

"啥啥，为了在我上天堂后……"

雪枝的声音停下了。

"为了在我上天堂后发布这篇文章，我每个星期都会设置自动发布的时间。感谢上帝让我能一星期又一星期地延期以及活着，延迟发布时间。但如果现在你在看这篇文章，那就表示……谢谢你。再见，珍重。"

风太的两只手肘撑在吧台上，双手捂住了脸。

"风太……"

"这是说她已经死了吗？"

店员端着热气腾腾的大碗前来。"久等了，这是两人份的关东煮。"风太的脑海里不断地浮现起关于兰的种种回忆。风太和兰交往是在刚从事狗保姆工作后不久开始的。虽然他加盟了在网上搜到的相关机构，但并没有得到什么特别的指导，每一天都要亲自上阵。

当时，风太负责照顾一只生病的高龄犬，可它在他打扫的时候停止了呼吸。这件事让他极度消沉，是兰鼓励了他。

"那并不是风太的错。只要是生物就终归会死，无非早一点晚一点。风太，别再自责，放下心理包袱吧。"

兰的语气很轻快，这番话也令风太豁然开朗。如果没有她在，风太或许已经放弃这份工作了吧。为了让风太打起精神，兰还约他去了主题公园。游乐设施、商店、演出……兰对这些熟悉得令人吃惊，风太几乎以为她是导游。

兰是为了风太才事先调查的，光想到这一点风太就觉得心里暖洋洋的。那一天兰十分兴奋，热情丝毫不输给年轻人。但这么好的兰却……

雪枝拍了拍他的肩膀。

"风太，是恶作剧啦，像是那种博友之间互相吓唬。"

"别扯了，她又不是中小学生。"

风太觉得兰被小看了，他不由自主地拍了下桌子，却被自己弄出的声响吓到。

"对不起，雪枝。"

雪枝一口啤酒都没有喝，连关东煮都没碰。

"是的，是恶作剧。毕竟怎么可能这么巧，我的两个前女友都死了。"

风太努力笑了笑，却没法认同这是恶作剧。这不是兰会做的事。

"雪枝，关东煮要凉了哦，快吃吧。"

风太把黄芥末酱分到小碟子里，又往嘴里塞了一块萝卜。

"好吃，好吃！简直入口即化！"

风太满脑子都被美咲和兰的回忆占据，根本吃不出味道。

"进入桃花期的风太君……"

雪枝把筷子插在鱼竹轮上。

"还和第三个人交往过吧？"

"嗯，有过。林绘美理小姐，她稍微有点傲气，可惜的是和她也没能持续很久。"

16

风太喝了口啤酒,感觉淡得跟水似的。

"你试着联系下?"

风太把玻璃杯放下。

"为什么呀?"

雪枝对着鱼竹轮吹气。

"是要我确认绘美理平安无事吗?"

"如果我是风太的话一定会这么做。"

风太是想过必须这么做。

"如果她也有个三长两短,我大概就疯了。"

风太勉强笑着。

"怎么可能,不会有这种事的。但你之后肯定会打电话给绘美理小姐吧?"

和绘美理分手才过了两年,原因是吵架。

"总之这样才能放心吧?"

也就是说,要不就看绘美理"有何贵干"的邮件回信、要不就得听她厌烦地问"有何贵干"的声音。但这样就好,自己只需要好好地为美咲哀悼。兰也不一定就是死了。

"我也很担心,你现在就在这里联系她,然后安心吃关东煮吧。"

"我发邮件试试。"

风太也想尽快消除缠绕在心头的不安。他打开手机里的通讯录,找到了林绘美理的名字。

"发了吗?"

雪枝把大量的黄芥末酱抹在鱼肉山芋饼上。

"没,我在想写啥好。"

"就写'有重要的事要和你说'这种。"

"那如果她回'什么事',要怎么回答呢?"

"反正有回信就好了吧?然后就回'不好意思发错了'就可以了。"

"原来如此。但这样的话,她不会觉得很奇怪吗?"

"别废话了快发,等她回信了再考虑怎么回。"

"知道了啦。"

邮件标题"我是风太",正文内容就只写了"我有重要的事要和你说,请回复"。邮件发送后风太喝了一口已经没气的啤酒。

"真是的,今天到底什么日子!"

"边喝边等吧。大叔,给我来杯温的日本酒。"

手机震动了。

"哦!真快!莫非她还对你有意思?"

"不会的。"

风太一边打开邮箱,一边回忆起绘美理生气的表情。砸向自己的烤鸡肉串在T恤上留下的污渍怎么都洗不干净。

"您所发送的邮箱无效,或已不存在。"

"说地址无效,是换运营商了吗?"

风太把屏幕给雪枝看。

"我换手机的时候也变更过。真是麻烦,你直接打电话吧。电话号码一般是不会变的,好像是MNP来着?"

也就是Mobile Number Portability[①]。

"嗯……"

绘美理接电话的话要说什么呢,她一定已经把风太的号码

[①]即携号转网。

等都删了。或许她会认为是来自陌生人的可疑电话。

"喂,快打。"

再犹豫也不会有进展,只要一下就能搞定的。风太用手指按下通讯录里电话的图标,开始拨号了。他清了清嗓子,感觉接通了。

"喂?"

"您所拨打的号码是空号。"

大概是听见声音了,雪枝歪着脑袋。

"就是说她的电话号码和邮箱地址都变了……"

雪枝缓缓地拉了拉椅子。

"风太,你莫不是有过跟踪行为?"

"饶了我吧,我们吵架分手后就再没见过。"

风太觉得自己对女人挺淡薄,而且两个人如果不顺利,他会觉得是自己的缘故而收手。穷追不舍这种事他是想不出来的。

"开玩笑啦。不过,就算不是风太,她会不会是被其他人纠缠不休,又或者是借了债必须躲起来……"

雪枝说着沉默了,她一定和风太想到了同样的事。风太自己说破了那句话:"或者她已经死了?"

雪枝拢了拢短夹克的领口。

"不要吧……"

她咕嘟一下喝空了倒好的酒。

"风太,这到底是怎么回事啊!鬼故事吗?对了,是你在整蛊吧!美咲小姐的明信片、兰小姐的博客,还有这个人换了电话号码以及邮箱地址都是……"她飞快地说着,"就容我放肆地说一句……如果你是在耍我,已经可以了。别再玩了,我感到毛骨悚然了。"

风太也把酒倒进喉咙，温酒早已变凉。

4

风太在关东煮店外面查看手机里的地图应用。他以前去过那里一次，知道大致的路线，到了附近之后大概就能想起来了吧。

"久等了。"

结完账的雪枝走了出来。风太合上手机，去非机动车停车场里取了自行车。

"真不好意思，让你听了这么奇怪的事。"

"接下来要怎么办？"

"绘美理的一个朋友是我的顾客，就住在附近。她和绘美理似乎是闺蜜，我去问问她绘美理的联系方式。"

"你现在就去吗？"

"也算是营业吧，说不定可以再接到工作。"

"已经八点了哦，不会打扰人家吗？"

"我打电话到她家，但是没人接。她以前说过因为工作回去晚，没法带狗散步，我想她应该差不多这个时间回来。"

风太跨坐到女式单车上。

"而且也没法在乎是不是打扰了吧。"

这是他的真心话。

"好，我知道了。"

雪枝跨上他的后座。

"喂，你干什么呀？车站很近吧，自己走。"

"我也要去。这个样子我会睡不着。"

风太回头看着雪枝，她一副铁了心的表情。

"两个醉醺醺的人骑一辆车就很不像话吧，我一个人去。"

"遇上条子我立刻跳车。好了啦，出发！"

风太咚地挨了她一拳。显然，一旦遇上警察，她会跳车后扔下风太就跑。

"真拿你没办法。"

风太使劲踩下踏板，一边避开醉醺醺的行人一边骑到马路上。

"GO！GO！"

"雪枝，你醉了吧？"

风太放下两张一千日元的纸钞正要先行回去的时候，雪枝说了句"我也一起"后，用嘴就着小酒壶喝完了剩下的酒。

"不喝怎么受得了。我觉得反正也是要去，还是去绘美理小姐的家更快，不是吗？"

"我……不知道那家伙的家。"

"但她是你女朋友啊！"

"她说过住在老街区，但我没仔细问过，毕竟交往才三个月左右就分手了。"

"老街区这个说法很含糊呢，这里也算啊。"

雪枝忽然叫出声："快看，景色真好。"他们刚骑出横跨荒川的桥畔，亮灯后的晴空塔清晰可见。为了不被警察抓住，他们避开了沿岸街道而改走与之平行的岔路，街上路灯很少。

"你们真的有过交往吗？"

"算是有啦。"

风太站起身，踩着自行车翻过通往桥的斜坡。

"她连住处都没告诉你？难道你们没有合体？"

"你、你说啥……"

"看前面，前面！"

女式单车晃晃荡荡，今天的紫色晴空塔正在视野中摇摆。

"你别一副大叔式的发言。"

"没有吗？不中用的家伙。你们到底是怎么认识的啊。"

"就是在我们正要去的森小姐家里见到的。我去做狗保姆的时候绘美理来玩。"

森绿似乎是一个人生活。因为不放心把独自生活的家交给男人才请朋友来的吧。这样的顾客不在少数。

但若让风太来说的话，独自去探访从未去过的人家也是需要做好心理准备的。

森养的狗名叫五右卫门，是一只眼神凶恶的法国斗牛犬。风太上门拜访的那天，是绘美理把它抓起来不让它撒野的。坐在沙发上被五右卫门一个劲地轻啃着手指的绘美理对风太点了点头道："你好。"

绘美理戴着眼镜，穿着长裙，风太还记得她有着像是音乐或美术老师一般的气质。虽然她说自己并不怎么喜欢狗，但五右卫门看起来却对她很亲近。森曾经对风太说过，五右卫门在散步时不听话，总是兴奋地到处乱窜，很不安分。

风太提议按照五右卫门平时的散步路线走，绘美理也理所当然地跟着。五右卫门时而扑向小孩子的自行车，时而像是闻到什么味道似的突然撒腿就跑，确实很危险。虽然森每次都会训斥它"不可以""五右卫门""走这边"，但完全不被它放在眼里。

森之前用的是胸背带和可伸缩的牵引绳。在附近的公园里，风太给它换上了带来的项圈，牵引绳也换了一根短的。一旦离开森的左侧，五右卫门的脖子就会被拉住，这么一个小小的变化就让五右卫门安分了下来。它仰头望着森，仿佛在说："这也太不自由了。"

还有一点是统一了训斥时的口令。风太指导她要很坚定地说"NO"。每次它听话的时候，就给它一块小饼干。五右卫门出公园的时候，已经会紧紧地走在森的身边了。绘美理多次称赞风太"好厉害"，他觉得有点难为情。

风太突然感觉腹部被一下子勒紧，是雪枝从身后环住的手使上了力。

"风变大了，要紧吗？"

雪枝的声音从身后传来。横跨荒川的桥上风很大。

"桥正中的地方风最大，很快就过去了。"

"我重吗？"

"很轻很轻。"

"是嘛，那你就不算吃苦了。"

因为经常一次性搬运好几袋十公斤的狗粮，风太对自己的脚力很有信心。被霓虹灯点缀的晴空塔越来越大。过了桥以后就要下坡，信号灯上挂着墨田区的标识。

"我觉得应该就在过了这个坡的地方。"

风太从拐角驶入小路，在鳞次栉比的小独栋中找到了写有"森"的信箱。

"就是这里。"

"房间灯没亮。"

雪枝跳下后座。

"是还没有回来吧。"

风太才支起自行车的脚撑，屋子里就传来一阵狗吠声。

"是五右卫门。"

"咦，有两只狗。"

一个高亢的吠声同五右卫门的低吼交织在一起。

"她又养了一只狗啊。"

"是小型犬吧。"

不过两个人也都没法从叫声判断犬种。

"虽然是有了看门犬，不过这有点影响邻居了吧。"

或许它们是以为主人回来了而欢喜。

"等一会儿吧。"

雪枝用打火机点燃烟。

"是你很熟悉的人吗？"

"我只来过一次，刚才我说过了吧。"

"那她不会记得你的脸哦，估计会觉得你是个可疑分子。"

"如果我说以前来当过狗保姆，她应该会想起来吧。"

雪枝喷了口烟说："随便吧。"

"这一带比河面要低呢。"

和风太居住的葛饰区一样，沿河的这一带在进入台风季后，总会被提醒要预防水患。

"不过我住了十年以上，从没漏过水。"

"请问，您找我家有事吗？"

有人在他们的身后发问，是一位把包背在肩膀上的女性。或许是因为周围一片昏暗，风太觉得她的长相和记忆中的不一样。毕竟只在两年前见过一次，这也没有办法。

"啊，不好意思这么晚来。我是以前因为当狗保姆而登门打扰过的真木岛。"

森一脸惊诧，把一只手中拎着的超市袋子换到了另一只手。

"我来……是想打听有关绘美理小姐的事。"

森的手贴在短大衣胸前。她不记得我了吗?风太原本满心以为会展开诸如"哎呀真是的,之前五右卫门受您照顾了"的对话,现在这要说什么才好啊。

"我想联系她,但是邮件和电话都不通,就想问您是否会知道她新的联系方式。"

森沉默不语。她俩的关系好到可以叫对方来自己家,她理应知道绘美理和风太交往过。

"我觉得她应该只是换了手机的运营商……"

风太觉得如果自己不说些什么,森会说出些可怕的话语。

"不好意思,连森小姐您都不知道吗?我以为您和她是好友才……"

"您在说什么?"

森打断了风太的话。

"欸?"

"您是否认错人了?"

"哎,可是……"

"我不认识绘美理,也不认识您。"

风太骤然说不出话。

雪枝在他身后发声。

"怎么会……"

风太再次望向眼前的屋子,也确认了名牌。

"您是森小姐吧。"

"是的,但总之我不知道。"

森这个名字并不罕见。这片区域是集中了小型住宅与公寓的狭小地带。风太无法断言自己没有搞错人家。而且,他觉得两年前见到的森更年轻一些。

风太忽然没了自信。这时,屋子里再次响起狗吠声。

"不可能。森小姐,那是五右卫门吧。我确实在这里见过森小姐您和绘美理。我们不是还带五右卫门去了公园吗?"

"您再不适可而止我就要报警了。您请回吧。"

森的拒绝很强硬,她背过身打开门锁。

"请等一等,森小姐。"

风太迈出脚步。

"风太,停下。"

雪枝拉住他的手臂。森的背影消失在屋子里,五右卫门欢迎的声音响起。风太无语地伫立在玄关口。

5

来了。

风太因为一种已经遗忘了的感觉醒了。正想要逃离的时候,却被剥夺了一切自由。手指、脚尖甚至连毛发都无法动弹,风太就好像被一块模仿自己睡着样子的石头压住一般。他仰天躺着,没法翻身,大脑却很清醒。风太望着天花板。

鬼压床。风太小时候经常遇上。升小学三年级后,风太就有了自己的房间。因为害怕睡觉,他甚至还和柴犬次郎一起睡过,然后因为弄脏了被子而被母亲一通臭骂。在不断重复的过程中,他渐渐掌握了克服独处恐惧的方法,知道只要忍一忍就会过去。

当风太了解到个中缘由的时候已经成人,也已经忘记了鬼压床的感觉。风太记得是因为一本介绍睡眠的书。那本书里也写了解决问题只能等待。风太冷静地放松自己的身体。

　　睡眠时，大脑会为了让身体休息而发出不要动的指令，这是因为若在梦到跑步时身体真的跑起来就会很麻烦。但有时候大脑的一部分由于某些原因清醒时，大脑里控制身体动作的开关还是关着的，这便会造成人虽然有意识却无法动弹的情况，这就是鬼压床。

　　在回忆书上的内容时，身体也越来越沉重。即使知道原因，即使已经长大成人，但可怕的事物是不会变的。这是耳鸣吗？风太听到像是挥舞某些东西时会发出的划破空气的声音，天花板上也开始有雾霭般的影子渐渐成形。幻听和幻视都是第一次出现。

　　风太从没体验过时间这么长的鬼压床，这要持续多久？恐惧袭上心头，感觉自己会被带走。耳鸣声越来越响，天花板上的雾霭渐渐变成了人脸。

　　兰、美咲、绘美理……三个人的脸。

　　给我停下！风太想要眨眼却做不到，想要呼喊却发不出声。撕裂空气的声音直穿耳膜，激烈的音乐与震动令风太跳起身。枕边的手机响起了来电铃声。风太重重地喘着气，用长袖运动衫的袖子擦了擦额头的汗。好猛的鬼压床。他咽了咽口水，伸手去拿手机。

　　"喂喂，是风太吗？"

　　"搞什么呀，原来是妈妈。"

　　是住在富山的母亲打来的电话。

　　"什么搞什么，你不舒服吗？"

　　"哎？为什么这么问？"

　　该不会是察觉到自己被鬼压床了才打电话的吧，如果是的话倒也是很厉害的超能力。

"我看了你的博客,上面写要休业一段时间。"

风太咕嘟咕嘟地喝着塑料瓶里的水。

"搞什么呀,就为了这点事。"

昨晚风太从森家送雪枝去了车站,自己回到家后却睡不着。天快亮时,他在博客以及狗保姆的页面上写了"因个人原因暂停服务"的通告。

他觉得自己必须去查清楚发生了什么,不然会没法工作。

"什么叫这点事,你这不让人担心嘛。"

"你不要没事就看我博客啦。"

在乡下和父亲过着二人世界的母亲还是没法放下孩子,总是担心着独子风太。或许她是因为寂寞,但风太对自己总是被当成孩子感到厌烦。

"如果你照顾狗的工作不顺利,不就要回来了嘛。"

"没人说过这种事。"

"新干线通车后,这边的工作机会也增加了哦。"

的确,富山县的观光收入增加了,经济状况也在变好,毫无疑问这都是北陆新干线的功劳。母亲似乎也经常出门旅行。

"你在这里也有许多朋友,快回来吧。"

这么一说,风太想起自己收到过同窗会的邀请。

"风太你也老大不小了,得找份正经的工作吧。"

"你别大清早就这样。"

风太语气强硬,然后他听到了母亲的叹气声。

"那么,你身体没事吧?"

"嗯……身体没事,只是突然有点急事。好了我要去做准备了,向老爸问好。"

风太挂了电话，顺势打开手机里的通讯录，然后盘坐在被子上，点了点山崎这个姓。

"喔，是风太吗？"

突然出现在电话那头的声音正在笑，是因为来电显示了风太的名字吗？风太的眼前浮现出身穿高中制服、一脸青春痘的山崎的模样。

"好久不见。不好意思，这么早打电话给你。"

"没事。真可惜你不能来参加同窗会。"

山崎在富山市的建筑公司工作。他很会照顾人，是同窗会的终身干事。

"不好意思，最近有点忙。"

"毕竟你在东京，没办法。"

"大家都好吗？"

"嗯，很好，很好。大家都已经是很了不起的中年人了，还有带着小屁孩来的女生……用女生称呼是不是有点怪？"

风太很庆幸山崎爱说话。

"已经到这个年纪了啊。毕业都超过十五年了。是不是也有联系不上的家伙？"

风太不经意地问。

"是十八年！虽然也有在海外工作的人，不过可以发邮件，班级全员四十七个人都有回复。"

有回复一定就表示没事。

"辛苦干事了！女生里还会有改过姓的人，联系起来很麻烦吧？"

"就是啊，不过其中还有改回来的。"

"对了对了，"山崎继续说，"和风太交往过的原口沙织也离婚了，你知道吗？"

风太的心跳加速了。

"不知道，她也出席了吗？"

"是啊，以前她给人的印象很沉默，但现在变得很开朗了。自我介绍的时候，她笑着说自己离了一次婚。"

"是嘛，那真是太好了。"

"欸？太好了？"

"啊，是说她能这么开朗地说自己离了一次婚。"

"嗯，感觉她变漂亮了。她好像还没有孩子。机会哦！"

被山崎这么一调侃，风太也笑着说"别这样啦"。

"你那么忙还打扰你，真不好意思啊。再见啊。"

"咦？你不是找我有事？"

"因为缺席了同窗会心里就惦记着，下次再叫我。"

"哦！就算不是同窗会，偶尔也来露个脸哦！"

风太把手机扔到枕头上喝了口水。知道了沙织的消息，仅仅是这一点就让他松了口气。风太的前女友们并没有都去世。

那是高中时期青涩的交往。两个人在担任了图书委员后才开始说话，聊各自喜欢的书时真的很开心。现在想来，似乎那其实是两个人都在和书谈恋爱，然后很开心地聊着各自的情事。在准备考大学后，两个人的交流就渐渐减少，最后沙织以风太考上东京的大学为由提出了分手。

沙织过得很好，她笑得很开朗。风太伸着懒腰，目光停留在天花板的污迹上。然后他感到胃一阵难受，放下了双手。

三个人都消失了，这个事实并没有改变。

风太站在盥洗室，镜子里映着一个脸色糟糕的男人。他用冷水洗了洗脸，又漱了漱口。这是一套只有两个房间的公寓，没有铺被子的房间里只有一张终年不收起来的被炉桌和电视。

狗的饲养工具等收在壁橱里。桌子上散着笔记本电脑、酒瓶，还有手写的备忘。昨晚他怎么喝都不醉。和自己交往过的三个人都发生了不寻常的事。在看到美咲的服丧期明信片时，风太想过要好好回忆美咲为她哀悼，但现在却根本顾不上。

除了告知兰的死讯以外就别无他想的博文、连存在都被好友彻底否认的绘美理……搞不懂。风太怔怔地看着日本酒的标签，在开始觉得眼花出双重幻影的时候，他忽然想到了一件事。

会不会是有人加害了她们三人？

兰每周都在顺延那篇告别的博文的更新日，可见她不是突然遭遇事故。或许她是被监禁、不久之后就将被杀害。她就是这么想的吧？被绑架后杀害的人发出SOS以及警告的新闻也有不少。

森为什么要撒那么不自然的谎？风太只能认为她是不愿提到绘美理。难道是因为绘美理遇到了无法启齿的难堪境遇吗？她是为了绘美理的名誉才隐瞒的吗？

还有，如果美咲是非正常死亡的话……

如果是这样，那会是谁干的？三人毫无关联。为什么要盯着这三人？风太抱住酒醉的脑袋。三人的共同点只有一个——她们都和风太交往过。

是风太干的。这么一想就合理了。风太自己的笑声在清晨的房中回荡。

然后他一个激灵，难道是有人想要把罪名强加给自己？如果三人都被杀，首先会被怀疑的就是风太，警察甚至可能已经在调查他了。

风太开始感到害怕，跌跌撞撞地钻进被子，却无法挥去那令人毛骨悚然的思绪。所以他才会被鬼压床吧。

离开公寓时已经过了八点。马路上走着许多平时不太会遇到的白领。风太打算调查这三个人的事。他要去拜访美咲家，询问她的死因；他要去见兰的家人以确认那篇博文的含义；他要设法找到绘美理。如果兰和绘美理被卷入了什么麻烦事，他想要帮助她们。

仅仅是因为以前交往过，就要连工作都停下吗？在写暂停营业的通告时风太曾这么想过，但他没法就这么置之不理。虽然交往的时间短暂，但这三个人都曾是风太重要的恋人。

先从美咲开始。如果美咲不是被杀，那风太就暂且能安心。是病死还是交通事故？总之他希望是他能认可的死因，不是非正常死亡，并且和自己毫无关系。另外，如果她的家里供有佛龛，他想为她上一炷香。

风太从口袋里取出两张明信片。只有两行字的报丧明信片上没有地址，只有一个和美咲一字之差的名字，可能是美咲的母亲。风太以前并不知道美咲的母亲是单亲妈妈。美咲似乎不太想提父母的事。明明单亲家庭到处可见。

母亲在失去了美咲之后就孤身一人了。一想到她翻找女儿收到的贺年片后寄送报丧明信片的心情，风太就觉得伤感。还有一张明信片是以前在交往时美咲给他的贺年片，上面打印了可可的照片。美咲说因为拍得很可爱，就试着做成了贺年片。照片上的可可有着标准腊肠犬的挺直鼻梁，水汪汪的大眼睛甚是可爱。

风太也收集了些狗狗在微笑的照片后，做了一张喜庆热闹的贺年片送给她，就好像是恋人之间的纪念。

第二章

＊兰＊

　　选这样的地方约会大概会让他觉得奇怪吧。兰望着入口大门络绎不绝的人流。有带着孩子的一家人，有手挽手的年轻男女，还有初中或是高中的好友组团。

　　即便早已知道，但心里还是会有点生怯。不，也有超过三十岁的情侣，他们手牵着手在笑。虽然和年轻人混在一起，却也没有太过突兀。自己和风太看起来也是这样的吧，她松了口气。

　　这是兰一直想要来一次的主题公园。她微微侧过晴伞，仰望着晴朗的天空。白云飘飘。大门的尽头是城堡和过山车，光是看就感到兴奋。

　　距离见面还有一段时间。兰朝着稍远些的入口处一侧走去，站到柱子后从化妆包里拿出镜子。她已经照过无数次了。妆没有花，最近留意到的眼角边干纹只留有一点点影子。借来的黑色夹克是不是有点过于不起眼？她犹豫了很多天要穿什么衣服，希望自己各方面都没有出错。

　　兰对着镜子哈地呼了口气，沮丧的脸消失在白雾里。兰，要振作！这是第一次约会，紧张是自然的。深呼吸。是的，她深深地吸了口气直到腹部深处。要注意措辞，不要兴奋乱跑，不要纠缠撒娇，排队等游乐项目的时候要记得撑伞……

她复习了一遍注意事项，必须遵守定好的规则。今天要记得不能多嘴。之前因为自己一时忘形地炫耀而被吐槽时真的令她窘迫。用沉默和微笑来掩饰的应对方式也不是万能的。

今天必须要鼓励那个人。自从被他照顾的高龄犬因病去世后，他就一直很消沉。但这不是他的错。

生物终有一死，谁都无法抵抗这样的命运。

欢呼声响起。人气角色前来迎接游客了。小朋友们冲了过去，兰也像被蛊惑似的朝着入口正面赶去。总之尽情享受就好。如果兰很拘谨，那么他也没法纾解心情。这是自己一直都梦想的地方。她要拍许许多多的照片，还得给妹妹买她喜欢的礼物。

还有就是，那个人太瘦了，得让他好好吃一顿。先买一大桶爆米花和他边走边吃吧。午餐她预约了可以观看演出的餐厅，点心想要甜甜的华夫饼，但如果他不喜欢甜食的话鸡腿也行。公园的地图以及推荐景点已经完美地装进脑中。

"对不起对不起，等很久了吗？"

兰回首望去，高大的风太跑到了她面前。

1

手机铃声在堀切菖蒲园站前响起，屏幕上显示出"众乐"（HAPPY CIRCLE）。这是风太加盟的狗保姆机构名。

"你好，我是真木岛。"

"啊，我是神村。"

社长，也是风太现在最不愿与之对话的人。

"你怎么回事？随便说要休息我可是会困扰的。"

神村是"众乐"的负责人，据说如果惹他不高兴会被当场解约。

"对不起，我突然有点急事。"

"啥？这生意可是不能休息的哦。顾客不会等我们，他们转头就会劈腿其他公司。这可是关系到'众乐'信誉的。"

早知道就说母亲身体不好了。

"真木岛君，我有话要对你说。你来一趟事务局。"

"哎，现在吗？"

风太分明说了有急事工作要请假，他是怎么说出这话来的？

"我也很忙的。等你来。"

神村毕竟是一手创立了机构的能人，不但有魄力，也特立独行。

"我知道了，我这就来。"

风太穿过闸机跳上前往上野方向的电车。"众乐"的总部在涩谷，他总是在日暮里换乘。每年一次的续约，还有三个月一次的会议，他去过那里无数次。

虽然续约差不多是一种形式，但会议则会以顾客的问卷调查为基础，彻底对服务内容提出改善的要求。如果神村出现在总部的监管员身旁，就可以说是很糟糕的情况了。

神村要对自己说什么呢？擅自宣布停业有那么严重吗？但这个程度的事其他地区的负责人也会做。这种时候真不想有什么麻烦事。风太真想不理他——被埋在上班高峰的人堆里，让风太回忆起自己的白领时代，他甩了甩头——自己不可能那么做。

不吝金钱着力宣传的"众乐"有着极高的知名度。即使完全没有业绩的风太也只要一句"我是众乐的"就能让对方听自己的介绍,还肯让自己上门。虽然他在老街区奋斗了六年,但摘下"众乐"招牌的瞬间,顾客们就会离自己而去吧。

离美咲家最近的车站是吉祥寺。风太虽然没有上她家拜访过,但曾经无数次和她一起带着可可散步。从涩谷只要乘井之头线就能到,也不用特地绕远路。他就这么说服自己忍耐。

风太在日暮里换乘的时候才发现收到了广田裕一郎的邮件。他是风太自大学时代的友人,现在也时常见面。"我看了你的博客,你是身体垮了吗?"

风太笑了。这家伙也跟母亲一样。裕一郎在荣王大学医院工作。他不是医生,而是负责系统管理一类的高收入职位,还经常请他吃饭、介绍他回报丰厚的兼职,这对风太来说弥足珍贵。

风太一边输入"不用担心",一边产生了和他讨论发生在自己身上的事的念头。不论自己遇到了什么,裕一郎一定都不会误解自己、好好倾听的吧。在风太心里,裕一郎就是这样的朋友。

"可以的话,今晚一起吃个饭吧?"风太写下这句话后发送了邮件。在约见面时间地点的过程中,他已经到了涩谷。虽然只是短短一会儿,但风太很庆幸自己的心情得以放松。

"众乐"的总部位于青山通沿街一栋建筑的三楼。风太走着走着,感觉自己好像是要去看牙医。

"早上好。"

才打开玻璃门,神村就"哎呀哎呀"地从椅子上站起身。他身高一米六,一张国字脸上堆起了笑容。

"喝杯咖啡吗?"

风太提高了警惕，他清楚这个男人一旦发火会有多可怕。生病的高龄犬死于自己工作时的那次，他也喷火似的对他一阵臭骂："不要照顾快死的狗！"

他抬头瞪着风太的双眼布满血丝，风太觉得自己会被他捅死。是狗主人到总部投诉了吧。神村对于狗死亡这件事没有说半个字，只是痛斥这影响了"众乐"的口碑。当时如果没有兰，别说是继续工作，自己大概在精神方面都会出问题。

神村从咖啡壶里倒了咖啡后，放在了会客用的桌子上。

"来，坐。"

风太率先低头。

"局长，对于擅自暂停营业的事我深感抱歉。"

"你干这份工作多久了？"

"六年了。"

"我在开始后的十年里，一天都没有休息过。因为我怕工作被别人抢走。"

即使是风太，在没有工作的日子里也会打电话给熟客，或者把传单塞入附近人家的信箱里。

"对不起，我会立刻处理好事情，明天就恢复营业。"

"是了，就这么办。"

神村呼呼地啜着咖啡。

"顺带一问，你似乎在救助流浪狗？"

神村眯起了眼。这才是正题吗？

"是的，但是这并不影响狗保姆的工作。"

"听说你推荐我们的客人去参加收养会？"

为什么他会知道这件事？风太沉默了。

"你所属的志愿者团体似乎在鼓吹不要去宠物商店买狗。"

他还调查了"汪汪救助队"。为了消除安乐死,应该阻止宠物商店卖狗。这是雪枝他们的主张。

"请问,这有什么问题吗?"

"救助狗是一件很了不起的事,没有错。但是,让人不要去宠物商店买狗就不对了。"

风太洗耳恭听。

"你干这行六年了都不懂吗?知道宠物商店联盟吧?"

"是的,当然知道。"

日本宠物商店联盟是统领宠物行业的全国性组织,以行业的发展为目的推动启蒙活动以及行政。

"我们母公司的社长就是联盟的理事长。"

"我不知道这件事……"

"不可以剥夺消费者的选择权,在哪里购买是消费者的自由,这就是资本主义。"

"意思是说,狗是商品吗?"

"当然。为了卖出高价,大家都在拼命,不管是狗舍还是宠物商店。"

"但是……这样就变成了人类根据自己的需求来繁衍狗,却要杀死无处可去的狗。"

神村嗤笑,眼睛却牢牢地盯着风太。

"别说这种幼稚的话。我们每天吃的肉都是被杀掉的家畜吧?都是人类为了销售而依照自己的需求繁殖的吧?猪、牛、马被处理成食用肉就不可怜吗?它们和猫狗有什么区别?"

"这……"

"吃猫吃狗的国家多了去了。"

"但这里是日本。"

"日本的法律又如何？家畜也好狗也好猫也好并没有不同，在法律上的待遇都是'物'。人类以外的所有生物都是为了服务人类而存在的。"

风太觉得再争论也无济于事。

"总之，我不同意'众乐'的人参与反对犬类销售的活动。"

神村的眼神片刻都不曾离开风太。

风太的目光落在桌上的宣传手册上。这是给希望加盟"众乐"的人的资料，里面详细地记载了签约条件以及加盟费用等事项。

乘着宠物热潮与行情发展的势头，"众乐"急速成长。随着知名度的提高，希望加盟的人也增加了。有的是可以代替自己的人。对风太这样的末端加盟者而言，神村的话是不容置疑的。就好比如果在网上搜索"狗保姆"，搜索结果里第一条就是"众乐"。

点击链接后显示的主页上，记载了各地区的负责人以及联系方式。如果风太的名字不在那上面了，那么从这天起，他也就不会再接到新的工作委托了吧。

"我明白了。"

2

从吉祥寺站出来，走在井之头通的路上，风太满腹怨愤。虽说这是为了解决生活的燃眉之急，但他就是因为只能对神村唯命是从而懊恼。

如果告诉雪枝的话自己大概会被揍吧。昨晚在送她去车站的路上，她几乎一句话都没说，大概是对发生在风太的恋人们身上的事感到不适。这也难怪。

手机有来电，是雪枝。

"喂？"

"风太，你在做什么？"

她的声音一如既往的直爽。

"在吉祥寺，我正要去美咲家。我想跟她妈妈聊聊。"

"原来如此。我也有话要跟你说，晚上见面吧？"

"我约了裕一郎吃饭。"

"啊，那个优秀的裕一郎君。"

他们三个一起吃过一次饭。

"我也加入。反正你是要谈那件事吧。"

雪枝说了句"发邮件告诉我时间地点后"就挂了电话。风太身边有很多强势的人。

离开大街后景色就不一样了，风太打量着周围。根据手机的地图应用显示，美咲的家就在附近。大门森然、院墙高耸的住宅整齐有序。这是在风太居住的老街区里见不到的住宅区。进口车和保安公司的标签是标配，风太觉得监控摄像头全对准了自己。

他在其中一户人家门口停住。只有这个角落如不见日光般的萧条。种来取代篱笆的树一派荒芜，院子里的茶梅落了一地的花瓣，飘然而落、无人清理的粉红色花瓣渐渐枯萎成褐色……

车库里没有车，只有一辆倒下的自行车，看来是被弃之不用了。很显然这里已经没有人居住。这就是美咲的家，名牌上写着"远山"。这是搬家了吗？失去女儿的母亲想要换个环境调整心情吗？风太可以想象，她想离开这个充满了关于美咲回忆的家。

他再次看着这间没有人居住的空屋。如果和美咲交往顺利的话,自己或许已经穿着西装来这里见家长了。如果是那样,情况会不会就有所改变?两层高的屋子里,所有的百叶窗都被放下,就好像在拒绝风太一样。

一名五十岁左右的女性从隔壁院子里看着风太。她正在用水管洒水。

"啊,不好意思,我找这家人有事……"

"那里没人住哦。"

"是搬家了吗?"

"不知道,不知不觉就没人在了。"

"那您知道他们的联系方式吗?"

女性看起来像是主妇,她指了指玄关。

"我和他们没有来往。那里贴着纸条吧?"

风太靠近涂料已经开始剥落的大门,发现玄关的门上似乎贴着什么。蒙灰的纸上写着房地产公司的电话,是在找买家吧。风太叫住放下水管正要进屋的主妇:"请问,这屋子里发生过什么事件吗?"

主妇侧过脑袋想了想说道:"事件?没有吧,如果出过事我应该会注意到。请问您是?"

风太露出困扰的表情,身体也微微扭转,这是他在当狗保姆时掌握的招数。

"不好意思,我在找人。"

"找人?"

主妇目不转睛地望着风太的脸。于是风太又露出羞涩的笑容:"是的。"

"嗯……好像很够呛呢。"

她似乎放松了警惕。虽然风太不擅长应对女性，但不知为何，他经常会被温柔对待。

"这里以前应该住着一个和我差不多年纪的女性……"

"没住过那么年轻的女性哦，最后住在这里的人和我差不多年纪。"

那应该是美咲的母亲吧。

"为什么说是最后？"

"因为之前好像住了四个人。"

主妇说着走近风太，隔着门和他面对面。看来她喜欢聊天。

"你要找的是对你很重要的人吧？"

她的眼中闪着好奇的光彩。

"是的，是我的恋人，虽然已经分手了。"

"这样啊，为什么分手？性格不合吗？"

"那个……这个有点……"

"哎呀真不好意思。"

主妇回过神似的拍了拍自己的脸颊，又望向美咲的家。

"大约在五年前，那户人家很热闹的。还住着看起来像是最后那个女性的妹妹，以及一对小学生姐妹。"

"小学生吗？"

"是的，两个人经常一起玩，但不知不觉就看不到了……总之现在几乎没什么人进出那个家。"

不是这户人家吗？但毫无疑问，贺年片上的地址就是这里。

"这附近还有其他姓远山的人家吗？"

主妇摇了摇头："没了。"

风太失望地垂下肩。

"真奇怪，她应该是住在这里的，虽然有可能只住了一小段时间。"

"别这么沮丧,具体情况我也说不上来。这两三年来,他们的滑窗都是关着的。"

美咲和她母亲是在最后住的那位女性悄无声息地搬家后才住进来的,而且还毫不声张地没有让邻居发现?但这实在有悖于美咲活泼的形象。

"没人打理,这些花也很可怜吧。"

主妇望着玄关旁摆的盆栽,风太发现那些几近枯萎的花茎上长着刺。

"咦,这是玫瑰吧?"

"是的,以前开得可好看了。"

美咲喜欢玫瑰。这里果然是美咲的家。

主妇像是在给风太打气:"会不会是这么回事:你的恋人住在别的地方,这里是她娘家,只是偶尔回来之类的。"

"啊,原来如此。"

这是有可能的。或许是因为没法在公寓之类的地方养可可,所以就拜托娘家照顾。和这个主妇差不多年纪的女性是美咲的母亲,而小学生则是美咲的侄女。如果是这样,道理上是说得通的。

"但是……"

"也是,男朋友没道理不知道吧。"

主妇双臂交叉在胸前,猜中了风太脑中所想的事。美咲为什么不告诉自己呢?如果事情是这样,那么不告诉身为恋人的风太就很奇怪,而且不和自己商量可可的事也太不自然。事情还是很奇怪。

"我说你没事吧?脸都白了。"

主妇担心地看着风太。
"不好意思，谢谢您。"
风太正要离开。
"要不你稍微休息下？有好喝的红茶哦。"
"没关系，我告辞了。"
风太对着主妇低下头，转身走向来时的路。他觉得自己的脚步在打晃，但不是因为昨天喝的酒。

风太站在了惠比寿站前。他在吉祥寺打电话到房地产公司，但对方表示因"远山家搬家的经过、联系方式都是个人信息"而拒绝透露。虽然风太坚持说"有非常重要的事、务必要联系她们"，但对方也坚持说"如果是那样就请警察来"。但这显然是不可能的。

如果美咲的死亡有疑点，而警方正在调查的话，那风太就无异于飞蛾扑火。到头来，对美咲的死还是什么都没弄明白。

风太站在惠比寿站的安全岛上仰望下一个目的地，那是一栋在夕阳渐沉的天空下傲然伫立的塔式公寓楼。兰以前就住在那里。他们在花园广场喝茶，听兰说自己就住在那栋公寓楼的时候，他整个人都惊呆了。虽然她笑着说那只是因为父母有钱，但风太心里想的却是要赚多少钱才住得起那种地方。

所谓的富裕阶层里有很多养宠物的人。兰住的塔式公寓里有狗专用的洗脚池，还配套有遛狗区，可以说是非常积极地把"可以养狗的房子"当成了卖点。

风太提出想去看看，却被兰拒绝了。她显得有些难为情。虽然说风太只是为了学习工作方面的事而想去看看那里的设备，不过之后他也反省，自己或许是被兰误会了。他们约会时有很多关于狗的话题，但问及兰的工作地点时，却总被她笑着用"保密""秘密"等回答蒙混过关。风太暗想：有钱人家的小姐是不用工作的。

踏进公寓外院的瞬间，风太才发现自己的单纯肤浅。他本以为进入公寓的玄关就会有住户的信箱，只要找到兰的姓氏"本桥"，就可以通过对讲机和她的家人说上话。

风太去过的老街区的公寓楼大多是这样的构造，甚至还有很多没有自动锁、可以自由进出的老公寓楼。但此刻风太走进宽阔的外院后，眼前却站着门卫。一旁则是可以插卡的设备。住户以及进出的服务业者应该都有卡吧。

公寓的玄关距离门卫在十米以上。

"请问您找谁？"

门卫问站着发呆的风太。

"请问，我想去本桥先生的家。"

"您知道他的全名以及房间号吗？"

"不好意思，我不知道。"

门卫点着手里的终端设备。

"没有姓本桥的住户。"

"哎？不可能。他应该就是住在这里的。"

玄关前的宽敞庭院里有遛狗区。一只西伯利亚雪橇犬正悠然地跑来跑去。

"您会不会搞错了？这里是出租公寓，经常有租户搬进搬出。"

这很有可能。风太才看过美咲搬家后的屋子。

"如果是这样，请问之前……大约是四年前住在这里的人里有姓本桥的吗？"

门卫对着风太的脸开始往下打量。短外套、牛仔裤以及在量贩店买的深蓝色羽绒背心，风太在门卫的眼里会是怎样的人呢？

"冒昧地问下您贵姓？"

风太不知如何回答。我是曾经和本桥家的女儿交往的真木岛，我是来确认他家女儿生死的——如果自己这么说，门卫会被吓傻吧。风太也不至于这么没脑子。

坚固的玄关大门顺滑地开启，身穿保安制服的男人走向这边。风太已经看到设置在门前的摄像头对着自己。这男人是判断风太可疑才前来支援的吧。

"那个，我查清楚后再来。不好意思。"

风太背过身。

"等等。"

风太不理身后尖锐的声音，朝着车站方向跑去。穿着西装的白领们好奇地看着他。他跑得气喘吁吁，停下身，没有听到追赶的脚步声。风太背靠电线杆，直想一头撞上去。

绘美理的朋友森、美咲在吉祥寺的家、兰在惠比寿的塔式公寓，他的追查全都扑了空。怎么会有这样的事？

"遥，你等等啦。"

两个初中女生从风太的身旁跑远，方格花纹的裙摆飘起。风太猛地转过身。好几名身穿校服的初中女生走出红色砖瓦的门。这是一所有名的私立大学附属初中，这所大学在这一大片校区里设立了从小学直到高中的附属学校。

兰曾经自豪地说过她就是在这里上的学。当时风太觉得她就是一个彻底的大小姐。风太走近学校，仰望可以感觉到历史的高耸校门。这样的名校应该会掌握毕业生的住处吧。

看起来这所学校的校友会办得很有规模，应该会发校友会的通知，还有捐款事宜的说明。那样的话说不定可以问到兰搬家后的地址。风太顶着初中女生们的视线走进校内。

"您是学生家长吗？"

风太正要走向校舍，一名年轻男子对着他亲切地微笑。我看起来像是家长吗？初一学生是十三岁，我三十六岁……是了，这年纪也不是不可能。

"啊，不是。我是想来请教一个毕业生的住址。"

不知是教师还是文员的男子隐去了笑容，站在风太身前，像是要堵住他的去路。

"学生以及毕业生的个人信息是不能透露的。"

"但是情况紧急，还请务必通融。"

"您是哪位？"

风太不知怎么回答。

"我只问一个人的地址，无论如何我都必须问到。"

男子张开双臂拦住正要进入校舍的风太，他的手重重地摁在风太胸前。大概是体育老师。风太想要甩开他的手，对方却纹丝不动。风太虽然个子高，和暴力打斗却是无缘。

"请让开。"

男子抓住想要绕开的风太的左手腕。

"啊，疼。"

关节被他捏住了。

风太几乎要跪下去，手腕像是被老虎钳钳住般疼痛。

"不要动，我这就叫警察。"

男子单手取出手机。事情为什么会变成这样……

这时，从校舍里走出来一个四五十岁的男人。

"胁田老师，怎么了？"

"啊，坂上老师，这家伙很可疑，明明不是家长却来打听毕业生的住处。"

风太忍着手腕的疼痛，抬头望向这个头发斑白、被称为坂上的男人。

"我不是什么可疑的人，我的恋人去世了！"

风太不由说出了口。察觉到自己其实认为兰已经死了，风太悲从中来。坂上蹲下身盯着风太的脸看，他戴着玳瑁边框的眼镜。风太觉得他有点像在富山的高中教现代文的老师。

"恋人去世这种事听着可不太平啊。"

"她是这里的毕业生，所以我想去见她父母问一问情况。"

风太觉得胁田的手似乎松了一些。

"胁田老师，请放开他。"

风太的右手揉着被放开的左手手腕。

"怎么称呼？"

"真木岛。"

"刚才你说的恋人，是跟真木岛先生你差不多岁数的吗？"

"她应该三十四岁了。"

坂上摸了摸下巴。

"我好像没听说过有这么年轻的 OG[①] 去世了。"

"坂上老师，最好别相信他。"

"哎呀，请你去把我的电脑拿来。"

坂上拍了拍胁田的肩。

"真木岛先生，到里面去吧，我想听你具体说说。"

"谢谢您。"

---

①指女毕业生，英语 old girl 的缩写。

风太跟在坂上的身后换上了拖鞋。

"请进。"

风太被带去了玄关旁的小房间,和坂上面对面地坐在一张四人桌旁,感觉好像是升学就业指导。

"坂上老师,我拿来了。"

风太才报上自己的住址和名字,胁田就拿着银色的笔记本电脑进了房间。他把电脑放到桌上后,坐到了坂上的旁边。

"真木岛先生。"

坂上用中指敲着键盘,应该是在输入密码吧。风太看不到屏幕。

"我没法给你看毕业生的通信录。"

"欸?"

风太的屁股离开了椅子。

"这是常识吧?不过你如果告诉我恋人的名字,我可以通过通讯录向其本人确认。"

风太告诉自己要冷静。

"如果联系不上本人呢?"

坂上只是笑容可掬地说着"哎呀",看来这是他的口头禅。

"如果本人不在,那么可以向其家人确认。如果事情如你所言,我就跟他们说'有一位真木岛先生想要跟你们联系',可以吗?"

风太的屁股重新坐回到椅子上。

"请问,她的名字是?我立刻就搜索。"

"本桥兰。兰就是兰花的兰。"

"我用片假名搜索,没关系的。"

敲击键盘的声音响起,坂上把眼镜抬到额头,脸凑近屏幕。

"本桥、本桥……没有错吗？"

"是的。"

风太咽了咽口水。

"我们学校没有姓这个的毕业生。"

"不可能……她确实说在这里上过学的。"

胁田盘起腿。

"真木岛先生，你是不是在给那位女性钱？是不是被骗了？我们学校可是名门。冒充我们毕业生的结婚欺诈——"

风太一拍桌子。

"不是，绝没有这种事！"

胁田双手抱在脑后："是这样吗？"

"对了，坂上老师，要不用名字来查吧？姓有可能会改。"

风太瞪着胁田。

"你是说她结婚了吗？"

"我已经试过了，但也没有人叫'兰'这个名字。"

坂上慢条斯理地说。

"怎么会……"

"哎呀，没有发生年轻的毕业生去世这种事真是太好了。"

坂上合上笔记本电脑。胁田站起身。

"能请您回了吗，真木岛先生？"

风太回过神时已经站在了惠比寿站前。他感到脚下沉重，仿佛自己是蹚着淤泥而来。他想抛下一切。

我这是在做什么？我有什么权利这么到处调查？兰的父母并不知道风太这个人吧。美咲的母亲也一样。只不过是一个跟她们交往了区区一小段日子的男人，哪有权利去对兰和美咲的事刨根问底。

风太抬头，望着刚才逃一般飞跑离开的塔式公寓。天空被染成了橙色，渐渐地化为鲜艳的粉红。Magic Tower……这是兰的博客名字。兰是从哪扇窗户眺望这瞬息万变的天空的呢？

"再见，珍重。"

风太的右手插在头发里，然后用力扯了扯。

兰，你去哪里了？

3

"久等了。"

雪枝到店里的瞬间，刚巧第一份肉摆到了风太和裕一郎桌上。铁板加热的正是时候。裕一郎立刻加单："再来杯生啤。"

"你出现的时机真是太厉害了，雪枝小姐。"

"裕一郎君，好久不见。咦，你们还没吃吗？难道是在等我？"

"不是，我们饿着肚子等了三十分钟。"

这家位于品川的烤肉店似乎很有人气，来的时候已经在排队了。他们刚排到座位下单。

"风太你怎么回事，怎么一副要死掉的木乃伊脸？"

"说得好。"裕一郎笑了，本就有点下垂的眼角越发往下。裕一郎性格稳重，在学生时代就是深受爱戴的类型。周围的客人偷偷打量坐到桌前的雪枝。这已经司空见惯了。今天她穿着类似赛车服的黑衣，但这并不能改变乍看之下让人分不清她是男是女的事实。

"昨天我几乎没睡，今天从一大早就开始东奔西跑。"

裕一郎把粉色的肉摊在铁板上,响起了"嗞嗞"的烤肉声。风太忍不住咽了咽口水。

"哦!风太对食物表示出了兴趣,这太罕见了!"

"他在学生时代就经常吃烤肉。大概是因为烤肉的香味会刺激生物的食欲中枢吧。"

"毕竟风太是靠本能生存的。"

风太不理睬他们,努力用腹肌压制肚子里的馋虫。

"来,烤好了。"

裕一郎批准的同时,风太已经夹起一块牛舌蘸着柠檬汁塞进了嘴里。

"嗯,好吃!"

雪枝和裕一郎露出得意的笑容。

"你们两个干啥?不吃吗?"

"当然吃。"

雪枝一下子捞走两块肉。

"哦,可以的!裕一郎君,接下来我想要横膈膜。"

"遵命。"

裕一郎兴高采烈地用公筷夹起新的肉放在铁板上。裕一郎很崇拜比自己年轻的雪枝,此刻正欢天喜地。估计不用多久裕一郎就会和风太一样被雪枝直呼其名吧。

"我记得裕一郎是 SE[①]?"

"是的,我负责管理院内的流程系统、网络,还有安保措施。"

"好像很忙。"

[①]指系统工程师,英语 system engineer 的缩写。

"可忙了，因为我们医院的患者人数增加了，再不扩充系统就要饱和了。"

"为什么会增加得这么多？"

"主要是治疗不孕不育的客户。最近的技术进步日新月异。"

"比如体外受精？"

"最近比较多的是显微授精，你听说过吗？"

"就是那个吧，利用显微镜来获取精子再注入卵子。"

雪枝的好就在于对这种话题也能放开聊。

"差不多这个感觉吧。"

雪枝用筷子夹起一块横膈膜肉以后眯起了一只眼，然后飞快地放在了风太的盘子上。

"NICE IN！"

不过这种轻佻之处还是希望她能改一改。裕一郎乐不可支："就是这样，就是这样。"

"夫妻同来的患者增加了……精子少的男性也不算少见。极端点说，显微授精的话，只要能有一个精子就可以让卵子受精了。"

风太停下了筷子。

"那个回报丰厚的兼职就不再有必要了吗？"

"还是有需求的哦，因为最近捐献人数很少。但是兼职就不行了，以营利为目的的提供已经被禁止了。"

"什么呀，是这样了嘛。"

"嗯，不过就算不是，我们也已经不年轻了。种还是要新鲜的。"

"等下，"正在大快朵颐横膈膜的雪枝打岔，"你们在说啥？"

"精子捐献。以前如果是男方的原因导致不孕，一般会使用他人的精子。这就需要健康的年轻男性来提供精子。"

"风太，你干过这事吗？"

"读书时被在医院打工的裕一郎拜托过。"

"那么裕一郎君也？"

"当然，医院里的男性员工几乎都出过力，而且以在医院就职为目的的学生还会拼命地劝诱朋友，因为找到捐献人就能得到好评。"

风太听了报酬后，当即点头应允，而且他也很好奇。医院里挂着"取精室"牌子的狭小房间简直就是网吧的单人房。

风太还记得被讲解流程的护士盯着看而感到难为情。

"再没有比那更轻松的兼职了。"

风太还想过如果被"众乐"炒了，就靠那个兼职赚钱糊口。雪枝的嘴就着啤酒杯，斜着眼看风太。

"可耻啊。"

"但我觉得这是为医学做贡献了！"

"就是啊，雪枝小姐。或许在某处，就有多亏了我们才怀上孩子的夫妇。"

"来瓶烧酎！"裕一郎点单，他的眼角愈加下垂。

"不过，我也不只是因为这个忙。今后我们医院将会正式引入基因治疗，管理层正在这么考虑呢。这样一来，患者数的增加将是爆发性的。"

"基因治疗？"

"你听说过转基因食品吧？"

"像是玉米还有马铃薯？"

"接下去烤牛小排！"裕一郎边说边把新的肉摆上铁板。

"虽然说商品化的几乎都是谷物，但说不定某一天就会应用到牛还有猪身上。这样一来,大家就能吃到利用了转基因技术生产的、又好吃又便宜的肉了。"

"我不觉得会有多好吃……"

"但是考虑到粮食危机,我觉得这很快就会普及的。"

"你们是要把这种技术用于人类?"

"比转基因更进一步——直接修正基因,又称'基因组编辑'。"

"基因组吗?我听说过,就是生物所有遗传物质的总和吧。"

裕一郎挨个把肉翻面。

"这对癌症的治疗特别有效。至今为止无法治疗的癌症也能彻底治愈了。"

"那可太厉害了。"

不知从什么时候开始,艺人以及名人得癌成了频繁出现的新闻,风太也清楚这是严肃的问题。

"这项技术太具有革命性,所以现在全世界都还是战战兢兢的。不过在解除了各种限制后,或许就能一扫遗传性疾病了。"

"裕一郎君,你说的这个格局可真大。"

"而且,听说医学院的学生只要稍微训练一下就可以编辑了。雪枝小姐,你知道CRISPR吗?"

"那是啥?如果是FLIPPER我倒是听过。"

"你说的是海豚吧。"

风太记得小时候用录像带看过这部外国电影[①],或者是电视剧?

"确切的说法是CRISPR/Cas9,那基因编辑技术。多亏了

---

① *Flipper*,美国电影,中文译名为《海豚飞宝》。

这项技术，才大大地降低了基因编辑的难度。"

"咦，裕一郎君，你好像很开心呢。"

裕一郎挠了挠头。

"哎呀，一不小心就说得忘我了。当今世界上的学者还有医生都忘我地研究这个领域，这类研究成果肯定能拿诺贝尔奖。"

烧酒组合送到了桌上。裕一郎用湿巾擦过手后，精心地用水兑酒。

"啊，裕一郎，我ROCK①就好。"

风太想喝烈酒。

"我兑水。"

雪枝把啤酒杯喝空。

"裕一郎君，说到诺贝尔奖，iPS细胞②还没有投入使用吗？"

自京都大学的山中伸弥教授得奖已经过了好多年。

"嘿，您稍等。"

裕一郎学着居酒屋店员的口吻，先把兑了水的酒端给雪枝。

"是，最忙的就是这个了。"

"欸？"

"我们要开设iPS病房。"

"哦哦，已经能开病房了吗？"

"虽然还是临床试验的意义更多些，但总算开始收病号了。"

"iPS细胞很厉害的。身体上要是有哪里出了问题，就可以用iPS细胞制作再替换是吧，比如眼睛还有肝脏？"

"还有许多课题要攻克呢。嗯，这是梦想的世界。"

裕一郎拿着酒瓶不停地说。

---

①指直接在酒里加冰。
②诱导性多能干细胞。

"工作人员都很兴奋，利用 iPS 细胞的再生医疗技术终于要投入使用了。"

"那你是要忙了。"

"是的，但我觉得能在大学医院工作真的太好了，可以亲眼见证医学的最前沿科技。"

风太感觉自己好像被朋友抛下了。他知道狗保姆和知名大学的 SE 没有可比性，但他不愿在今天想到这些。

风太抢过酒瓶，正在往自己杯里倒烧酒的时候，口袋震了起来。

电话。这会是谁？

手机上显示的是未知号码。

"你好，我是真木岛。"

"你好，我是优子。"

尖锐的声音使得风太把手机从耳边拿开。他已经彻底忘记是自己拜托对方回电了。风太用手挡住手机，说了句："是绘美理的朋友。"

"你好像打过电话来店里。"

风太的眼前浮现起那家堆满了精致杂货与可爱文具，宛如玩具箱一般的店。

"啊，不好意思。请问，你是不是不记得我了？"

连雪枝和裕一郎都能听到优子的哈哈大笑。

"我记得，你是林小姐的男朋友吧。好久不见，有什么事吗？"

"其实是我联系不上她，就想她是不是还会去你店里……"

"咦？真木岛先生，你们分手了吗？"

"哎？为什么这么问？"

"因为林小姐已经有很久没来我们店里了。好像是去年的正月吧，她一个人到店里，说因为一些情况所以没法再来店里了，从那以后就没出现过。我还在想她是不是搬家了。"

那是和风太分手不久的时候。

"你和她还有联系吗？"

"完全没有。我也有点失落，因为我们非常合得来……"

"是呀，她以前说很多年前就开始光顾你们的店了。"

"很多年？那也没有，最多就三个月吧。不过她对店里的商品熟悉得令人吃惊。"

"哎？那不就是我去你店里的时候吗？"

"是啊，她第一次来就是和真木岛先生一起。"

怎么回事？当时绘美理确实很兴奋地说过"好久没来，真怀念"。

"是吗，我明白了。不好意思打扰了。"

"好嘞，那么还请再光顾。"听优子说完这句后，风太点了结束通话的按键。他把手机放在桌上，咕嘟咕嘟地喝着烧酒，感觉喉咙火烧一般。

"风太，这个叫优子的是什么人？"

"是绘美理经常光顾的小礼品店店员。绘美理和她很合得来，所以我想她们是不是现在也会见面。"

绘美理不是那种积极主动的性格，看电影后去优子的店是他们约会的固定流程。

"我听到了优子小姐说的话，绘美理小姐以前并没有去过那家店吧？"

"嗯，大概是我搞错了。"

"她跟你说很多年前就开始去了吧？感觉有点怪。"

风太没有回答裕一郎，只是闷头喝酒。他要一醉方休。

一杯烧酒喝完立刻就斟满。雪枝按住他正要去拿玻璃杯的手。

"风太，你别喝醉了。接下去才是正事。"

雪枝咕嘟咕嘟地往风太的杯子里倒水。

"就是啊，你给我整理下，我觉得有点混乱。"

裕一郎开始给自己兑水酒。

"是啊，也有了新情报，你把今天的成果报告总结下说给我们听。"

风太喝了一口几乎已经被稀释成水的淡酒。

"没成果，全都扑空了。美咲和兰的家人都搬家了，行踪不明。我去了理应是兰以前上过的学校，但那里的毕业生名册没有她的名字。"

风太把在吉祥寺和惠比寿发生的事一股脑儿地告诉雪枝。裕一郎沉默地听着。风太说的事，他在店门口排队时已经听过一遍了。

"为什么呀？为什么大家都从我面前消失了呀！"

"过去也消失了。"雪枝小声地说了一句。风太注视着雪枝。

"在和风太交往之前，她们都在哪里，又在做什么？她们住的地方、上的学校、经常去的店里的人……不管你去哪里问什么人，他们都不知道她们的事，是这样吧？"

"美咲……雪枝你不也见过美咲吗？"

"那是在幕张的狗展之后哦，也就是风太遇到她的那一天。但我完全不了解那天之前的她，我连她家也没去过哦，领养可可时的家访是别的工作人员做的。"

风太长叹了口气。

"风太，一件一件来。你不是不知道美咲妈妈搬家后的地址吗？有什么线索吗？"

"我以前听说过她妈妈的老家在广岛县。"

"仅仅靠'广岛县的远山女士'是没法查的。"

"是的。"裕一郎随声附和。

"那位兰小姐为什么要对学校的事说谎呢？"

"是不是就为了和我争面子？"

那所学校和风太所读大学的棒球部有定期比赛。风太问兰有没有去现场加油，兰连忙岔开了话题。就算是问兰高中的社团活动，又或者是读的文科还是理科，她都只是笑吟吟地不接话。如今回想起来，风太觉得自己是被忽悠了。

雪枝笑了，她仰头露出雪白的脖子。

"如果说她是为了和裕一郎君交往的话我还能理解，但对于微创业的风太为什么还要争面子呢？"

裕一郎也露出苦笑。

"对对对，反正我就是个年收入不到三百万日元的狗保姆。啊，是真不好意思了！"

争面子的其实是风太。去年他的年收入是二百五十万日元，扣除经费以及加盟费用后，实际收入不到二百万。"这可不是男人一辈子的工作"——风太不止一次地和发表这个言论的母亲争执过。

雪枝竖起食指说："对了！说不定她用的是假名。"

"雪枝小姐，你是说她化名来和风太交往吗？"

"嗯，我的意思是虽然她确实在那所学校上学，但却不愿告诉风太她的真名。这样的话就可以理解了吧。"

"你在说什么啊，为什么要对我用假名啊？"

雪枝用食指敲着下巴，这是她在思考事情时的习惯性动作。

"我说,那位兰小姐真的住在惠比寿的塔式公寓吗?"

"什么意思?"

"你没有去过她家吧?她有可能是在说谎。"

"她为什么要说那样的谎啊?"

"不知道,为什么呢……但现在看起来兰小姐在学校或者名字上说谎了吧。绘美理小姐也在那家店的事情上说谎了。没错吧?"

风太发出"唔"的呻吟。雪枝从怀中取出纸张放在桌子上:"我想请风太把这些空填上。"

从笔记本撕下的纸上排列着兰、美咲、绘美理的名字。雪枝说话虽糙,字却很漂亮。

"从左往右依次是和风太交往的年份、名字、交往时间、相遇契机、去世或者失踪的年份。我知道的都已经填好了。"

"什么呀,你还搞了这玩意儿吗?"

雪枝似乎一直都在思考。风太一边用手机对照自己作为日记用的博客,一边在空的地方填空。

"和兰的相遇我没有写在博客上互动的时间,而是第一次见面的日子。"

2014 本桥兰   交往时间四个月 风太博客的读者 2017(死亡?)

2015 远山美咲 交往时间五个月 在狗展上遇到   2018(死亡)

2016 林绘美理 交往时间三个月 在森的家里遇到 2017(下落不明)

"交往时间并没有重叠。"

"我可没有劈腿的能耐。"

"如果没有信息栏,这看起来就是个滥交的男人了。"

裕一郎一边往风太的酒杯中有节制地倒烧酒一边说。

"是碰巧才有的桃花运啦。"

"是碰巧吗?"雪枝嘟囔着。

风太看着她的脸沉默了。裕一郎则取代他发言。

"话说回来,这么重新梳理了再看就觉得不对劲了。在这两年里,三个人连续死亡或者失去联系……"

在店门前谈论的时候,裕一郎只是一笑置之:"这必然只是巧合。"现在听他这么说,风太也深有同感。

"顺带问一下,全都是风太被甩吧?"

"和绘美理是吵架后分手的。"

"但并不是风太提出分手的。"

"是这样……"

风太瞪着雪枝。

"你干什么呀,和这个没有关系的吧。"

"就目前来说,是的。"

雪枝的表情像是在发愣。风太咽下散发着马铃薯香的酒。

"我能说怪话吗?"

"请。"

"三个人是不是被谁杀了或者绑架了?"

"绘美理小姐只不过是联系不上而已吧?"

裕一郎当即否定。

"但我觉得她们若是被卷入了犯罪或者别的事也不奇怪。"

"动机是什么?这三个人没有关联吧?"

"完全没有，彼此都不相识。"

要说有共同点的话就是都和风太在东京遇到，以及三个人都是三十岁上下。

"有没有可能……是有人想要嫁祸给我？"

裕一郎放声大笑。

"谁会做这么拐弯抹角的事？"

"如果警察知道的话，应该会怀疑风太。"

风太把酒杯喝空后反扣在桌上。

"风太，你喝得有点快了。"

风太呼地吁了口气。

"这是不是诅咒啊！"

"哈？"

"就是那种只要接近我就会依次死亡的诅咒。"

"喂，别说傻话。"

"但这不是没法解释嘛。"

风太抬起头，却见裕一郎的目光闪烁。

"如果不是诅咒，会不会是我干的？"

"欸？什么意思？"

风太又低下了头，有一种身体都在下沉的错觉。

"会不会是我袭击了她们三个后消除了这段记忆？"

"风太，停下。"

雪枝摇晃风太的肩。风太也知道自己胡言乱语会让裕一郎和雪枝为难，但若不把自己脑中膨胀的想法一吐为快，他感觉自己会疯。

"是在分手之后……我说，她们三个都是在和我分手之后死了或是失踪了啊。"

裕一郎盯着桌面上的纸。

"虽然确实是这样……"

"会不会是被甩后的我……一时怒起就忘我地杀了她们三个？兰和绘美理的身体就在我公寓的……呃，地板的下……"

耳边响起"啪"的一声。

"风太，你振作些！"

风太反应过来自己的脸挨了雪枝一巴掌。

"我有一个思路，可以在逻辑上解释她们三个人一个接一个地消失。"

风太目不转睛地看着雪枝。

"真的吗？快告诉我。"

雪枝别开脸，一副"完蛋"的表情。

"等、等下，目前还情报不足。要不是风太说了怪话，我是没打算说的。"

"别这么说。"

雪枝对他摇头。

"我不想信口雌黄，而且首先我必须要知道她们消失的理由，哪怕其中一个都好。"

"哪怕其中一个？"

"是的，我想知道详情。"

"美咲死了。"

"我想知道她为什么会死。"

"我不是说她妈妈搬家了，问不到嘛。"

风太抓住雪枝的手腕。

"拜托了，就在这里告诉我。再这么下去我会疯的。"

雪枝咬着嘴唇不作声,过了一会儿,她凝视着风太的脸。

"我不认为是与风太交往过的恋人们陆续消失了。"

"哎?什么意思?"

"是注定要消失的女性在和风太交往。"

第三章

** 美咲 **

脚下盛开着成千上万的玫瑰。
"感觉像是浮在玫瑰海里。"
"这些全都是玫瑰啊。"
坐在凉台席对面的风太似乎也是第一次看到这么多玫瑰,他环视着楚楚可怜的花朵。
"玫瑰竟然能长这么高呢,风太,和向日葵差不多。"
平时看到的玫瑰就好像是幼儿。
"比我还高,真的是玫瑰的海洋。"
"感觉想跳下去。"
风太用一只手掩住嘴。
"第一泳道,远山美咲小姐,东京都出身。"
"别这样啦,多难为情。"
京成玫瑰园正值赏花期,观光客很多。风太记得美咲说过喜欢玫瑰,所以邀她前来。美咲在升小学时,去过母亲的老家广岛县福山市,正巧有着"玫瑰之都"美誉的福山市举办庆典,不管去哪里都可以观赏到美丽的玫瑰。母亲的兴趣是园艺,她欣然向美咲讲解了玫瑰的品种以及名称。自那以后，美咲就特别喜欢玫瑰。

从风太把租来的车停到停车场开始，美咲就看到许多拖家带口或者年长的游客。她本以为这样的话今天不会出什么问题，没想到在购票处却赫然贴着"爱的宣言情侣优惠"的海报。

海报上写只要说出"我们彼此相爱"，门票就能打四折。排在前面的中年夫妻正在争吵，虽然丈夫不情不愿地说"我不要"，但在妻子的威胁下还是小声地说了。现场等候的人掌声雷动。

不限年龄、不问婚否，就算说谎也没人知道。也就是说，这个企划只是为了制造话题，规则并不严格。购票处的女性看了看风太和美咲，微微一笑："两位请。"

四折太诱人了。想到这或许可以省下来这里的高速公路费，美咲就和风太一起宣言了。进入大门，美咲感到自己心跳飞快。她有生以来第一次说这个字，她本来以为自己不会有机会说的。

风太因此而蠢蠢欲动，进入玫瑰花园后理所当然地牵起了美咲的手。直到上来这个凉台观赏全景之前，美咲脑中的警报器都在作响。美咲瞄了一眼风太，他没有顾及美咲的心情，兀自舔着粉红玫瑰冰激凌。

"对了，收养的事又顺利完成了。接下去就是混种犬小核桃。"

"啊，好厉害啊，太棒了。"

风太显得很得意。

"想到自己正亲手拯救狗狗的生命，就感觉很充实，好像对人生也有了干劲。"

"风太君太夸张啦。"

"真的，这多亏了美咲的推荐。谢谢你。"

"因为风太君既踏实又善良，所以我觉得很适合。"

大约在两个月前，美咲把风太介绍给了雪枝。雪枝隶属于一个救助狗狗的志愿者团体。在狗展上，美咲从此团体处收养了可可。

把没有主人而被安乐死的狗狗清零——致力于此的雪枝自带气场。听雪枝说了相关的活动内容后，美咲也产生了想试一试的念头。她觉得这也一定能刺激到风太。

"风太君，为了不再有狗狗被安乐死，要改变日本哦。"

"好！交给我吧！"

美咲是认真说的，她希望风太能遇上不同的人，好好地活跃一番。

"而且志愿者们也都成了我的好伙伴。"

"雪枝小姐是个美人吧，她和风太君合得来吗？"

即使在美咲的眼里，雪枝也是很有魅力的女性。虽然她经常打扮得很男性化，但反而更吸引人。

"她那个类型的我就……咦，什么情况，你别乱说啊。我可是……"

风太嗫嚅着，美咲因为这诡异的气氛而心慌。

"啊，是彩虹，好漂亮！"

美咲从椅子上站起身，朝着周围都是孩子们奔跑的喷泉走去。

"喂，等一下。"

风太的声音从身后响起。上次约会的时候，风太问自己要不要去他房间。虽然她借口自己累了而拒绝，但接下去要如何回避？

和风太交往已经过了四个月。起初只是在可以带着可可散步或者撒欢跑的公园见面，所以她很安心，但风太似乎已经不想带着可可了。风太是身体健全的成年男人。虽然这个情况早有预见，但美咲还是很为难。和风太见面聊天很开心，如果被要求更多，她就不得不分手了。

风太追上美咲，牵起她的手。

"正巧现在有个特别活动，去看看吧？"

美咲被风太拉着手穿过玫瑰拱廊。庭院深处响起了清澈的钟声。

"看，就是那个。"

身穿婚纱的女性站在广场上，她被白色玫瑰环绕，幸福地微笑着。

"好美。风太君，那是新娘吗？"

"说是花园婚礼，是结婚仪式哦。这里被称为恋人的圣地。"

"恋人的圣地？"

"是的，听说在这里求婚就能幸福。"

美咲眨巴着眼。

"新郎新娘站着的那个台子就是发誓的地方，我们一会也上去吧。"

1

"咦？"

下了电车的风太正要朝通往闸机口的楼梯走，却在月台上看到了森。她在通勤人流的推搡下，消失在风太刚下来的车厢里。

风太赶紧想要跑回电车，却撞上了人潮。去往泉岳寺、羽田机场的电车月台上挤满了人。

"太危险了。"

"乘下一班啦。"

拨开人群想要上车的风太淹没在骂声之中。早高峰就是战场，大家都散发着杀气。红色电车从京成线连接都营浅草线，再进入京急线。风太费力地挤进了森所在的那节车厢。

"不好意思。"风太小声地对所有人道歉。

乘车率200%。车厢里弥漫着化妆品、汗水、烟草的淡淡气味。风太寻找森的身影。虽然西装组成的人墙挡住了视野，但高大的风太还是在车厢的最深处发现了站着的森，她身上穿的短大衣和两天前一样。风太记住她的位置后缩起了身子。

还不到七点，风太没想到森这么早就要上班。风太考虑过趁森上班之前找她问话。就森在两天前的表现来看，自己就算打电话给她也会被立刻挂断吧。

森没有说她不知道绘美理的联系方式，她说的是不认识绘美理，而且也说了不认识风太。风太当然知道森在撒谎。森明知这点却佯装不知。

她宁愿这么做也不想说绘美理的事，这自然有她的理由，为了打破这层壁垒，只有在见面后把事情毫无保留地告诉她了。

听了美咲和兰的事情后，森的态度或许会有所变化。抱着这个想法，风太早起去了离森的住所最近的车站。

幸好没有白跑。窗外的晴空塔跃入眼帘，但或许是因为离得太近，风太只看得到塔的底部。电车从地面驶入地下后，就连晴空塔的底部也看不到了。

虽然不知道森会在哪里下车，但既然事情变成了这样，风太已经决定跟着她去任何地方。等出站后就叫住她吧。虽说森一定不会理睬自己，但风太打算跟着求她直到工作地点。他忽然想到，绘美理会不会是森的同事呢。

绘美理是被卷入了工作上的纠纷吗，也有可能是被职场压力以及人际关系压垮了吧。出于精神方面的原因而抑郁、自杀的人并不少见。绘美理有跟自己说过这方面的事吗？风太想不起来。

风太记得绘美理是避谈工作的，他脑中不断浮现出最后那次见面时吵架的场景。

风太说要放弃狗保姆的工作，两人因此发生了激烈争吵。将来怎么办、这只不过是在逃避……风太被一味地指责。虽然当时的风太火冒三丈，但如今他却很感谢绘美理的率直。因为他明白，只有继续做狗保姆才能对救助流浪狗的活动有所贡献。

但他们两个自那以来就没有再见过面。风太不想道歉，又觉得尴尬。在等待绘美理联络的时间里，风太的心也渐渐冷了。

仔细想想，和兰、美咲分手的时候，风太都没有挽留。一想到对方对自己没了兴趣、开始回避自己，风太就觉得是因为自己不擅长应付女性的缘故。

"下一站是浅草、浅草。请下车的乘客……"

森没有动。风太意识蒙眬，感觉像被雾霭笼罩，这都怪自己连续两天买醉还有睡眠不足。他回忆起昨晚雪枝在烤肉店里说的话。有那么几秒，风太无法理解她那句话的含义。兰、美咲、绘美理从一开始就注定要消失，所以她们才和风太交往？

莫名其妙，这和风太的妄想没有区别。不，是更高次元的扯淡。连裕一郎都一脸困扰地沉默了。

雪枝似乎对风太和裕一郎的反应不甚满意，沉下脸说："总之，你得设法从森小姐那里打听绘美理的消息。"之后她就僵着脸，没再说话。风太也来了火气，正要逼问雪枝时，裕一郎连忙从旁打圆场。但大家终归扫了兴，只喝了一摊就散伙了。

风太本来想回公寓后再整理思路，却做不到有条理地思考，等清醒时才发现自己迷迷糊糊地睡着了。昨晚没有鬼压床。从森那里打听绘美理的事——风太也是这么打算的。现在他们的线索只有森。风太伸长脖子确认绘美理的好友的脸，森正朝车门移动身体，看起来下一站就要下车。

他们在浅草站换乘总武线。风太险些跟丢了身材娇小的森。这是他有生以来第一次跟踪他人。昨天找人、今天跟踪，这几天来自己到底在做什么……

乘上黄色电车的森单手拉着吊环看起了手机，看来她暂时不会下车。风太也从口袋里掏出手机。幸好没有狗保姆的工作。他遵照神村的指示删除了暂停营业的告示。这就是没有生意的普通营业日。虽然不是值得骄傲的事，但也不会被神村抱怨。而且森就是顾客。他打算在"众乐"的工作报告里记一笔回访顾客的记录。

森合起手机，混在其他乘客里下到了月台。风太隔开两扇门走出车厢。这里是信浓町站。跟着森的背影走出闸机口时，风太隐约想起以前曾在这里下过车。

十字路口对面的建筑很眼熟。

荣王大学医院。

风太仰望那栋背倚青空、傲然矗立的白色建筑。这是裕一郎就职的医院。风太因为兼职造访这里的时候刚成年，所以是十六年前。

信号灯很快转绿。森被吞没在十字路口的人流中。风太"哎"地惊叫出声。他本以为森会往左或是往右走，但她却径直进了医院。她今天不工作，而是来医院看病吗？风太加快脚步追赶，但很快就在医院的正门前停下了脚步。供患者出入的玻璃门兀自关着，多半要九点才会开吧。

从一旁的出入口陆续有人进入，看起来像是员工。他们把门卡贴在竞技场常见的自动门上——这里是员工出入口。森不是患者，风太只能在大门口目送森的背影。

医院和荣王大学医学院的校区浑然一体。荣王大学是著名的巨型大学，医学院是他们的招牌院系，学生和员工多得非比寻常。既然是这所大学的附属学院，那员工恐怕也不会少于千人吧。就算绘美理的朋友和风太的朋友在同一个地方工作，或许也没有什么不自然。

森是医生，护士，还是文员，又或者是在里面互通的医学院员工？她甚至可能和裕一郎一样是系统管理员。风太一边感觉有哪里不对，一边给裕一郎打了电话。

"风太吗？早上好。昨晚不好意思了。"

"我现在在信浓町的医院门口。"

"欸？又怎么了？是哪里不舒服吗？"

裕一郎吃惊地问。

"能见个面吗？"

"好，我就在旁边的星巴克。你看得见吗？风太你也过来吧。"

2

裕一郎就坐在入口附近的座位上。风太举起手对他作了个揖，然后去柜台买了咖啡。裕一郎一脸兴致盎然。

"不好意思，一大早就来找你。"

"没事，反正我什么都没做，是风太过来的。话说回来，发生什么事了？"

"先让我坐下。"

从医院一路跑来的风太坐下身调整呼吸，裕一郎把桌上的平板电脑移到一旁。

"风太你真是手忙脚乱的，算你运气好，本来再过十五分钟我就要走了。"

"真的吗？LUCKY！"

"一旦开了办公用的电脑，就得处理大量邮件。"

屏幕上显示着新闻报道，刚才裕一郎是在网页看新闻吧。他身穿似乎是名牌的西装，身上散发着商务人士的风采。

"来，快吃。"

裕一郎把盛有甜甜圈的盘子推向风太。

"不用了，这是你的。"

"我已经吃了一块。反正你没吃早饭吧。"

"那我就吃了，不好意思。"

虽然风太昨天吃了那么多烤肉，今天就算不吃早饭也没问题，但也并非吃不下。

"你总是来这家店吗？"

"是的，在这里一边喝咖啡一边看新闻是我每天的规律。等精神集中了再出发上阵。"

裕一郎的职历只算是中坚一级，可他好像已经被提拔到了责任重大的职位。虽然不知道统括大医院管理系统的 SE 工作有多繁重，但不集中精神是无法胜任的吧。

"那么……"裕一郎喝了口咖啡后问，"我可以问你在这里做什么了吗？"

"你还记得我说过的那个森小姐吗?"

"是的,雪枝小姐命令你调查她。"

"那个森小姐进了你们医院哦,从员工入口进的。"

虽然裕一郎的眼角还是低垂,但和他交情匪浅的风太可以感受到他的吃惊。

"意思她是我们医院的员工吗?咦,真巧。"

"裕一郎大概不认识吧,她全名是森绿。"

裕一郎面不改色地笑了。

"你知道医院里有多少员工吗?将近三千人哦。"

"是嘛,也对哦。"

风太摸着脖子吃了一口甜甜圈。虽然有点甜,但很好吃,配咖啡很适合。裕一郎一边打量正在品尝滴滤咖啡的风太,一边伸手拿起平板。

"嗯,不过我还是帮你查查吧。"

"哎?可以查到吗?"

"你就是为了这个才打电话给我的吧。"

风太挠了挠头,他是想过做系统方面工作的裕一郎或许能查到。裕一郎说了句"要保密"后,手指在平板电脑上灵活跃动。

"首先,她不是医生。"

看来有好几个列表。

"那大概是教师或者职工?"

"啊,有了有了,是护士。"

森是护士吗?

"科是……咦,是生殖医疗中心。"

"生殖医疗?"

"昨天我说过吧，就是专门接待高度不育患者的地方，业务像是显微授精还有受精卵的冷冻保存等。"

"是嘛，看起来不像是可以假扮患者去见她的科。如果是内科或者外科就好了。"

"你在盘算这种事吗？我说，我们医院单是护士就有上千人。"

"嗯……看起来要在医院里见她很困难。"

但也不能干等到森下班，只有先撤退了。

"对了，你能查下林绘美理吗？"

"原来如此。"裕一郎立刻输入名字，"说不定她会是我的同事，是吧？"

风太吃着甜甜圈等待。

"没有。她不是荣王大学的员工。"

"是嘛……"

又回到了起点，不，是根本没有进展。

"虽然我不认为风太你是这种人……"

"啥、啥意思？"

"风太，你没有在跟踪她们吧，比如要追回她们什么的……"

"没有！我发誓我连一毫米都没追。"

雪枝也这么说过他。客观来说，或许事情看起来就是这样一种状况。被风太打断话头的裕一郎用手指摸着领带。

"但她们简直就像是从风太身边逃开一样。是不是她们在想办法避开你的搜索，又是搬家，又是说各种谎……"

"虽然是这样……但这和以前的事没有关系吧。有必要在自己上过的学校或者喜欢的店这种事上说谎吗？"

裕一郎把玩着自己深蓝色的领带，上面有银色条纹。风太把剩下的甜甜圈塞进嘴里。

"雪枝小姐和风太是什么关系?"

风太华丽地噎住了,周围的顾客对他们投以好奇的目光。风太咕嘟咕嘟地喝着咖啡。

"什么关系……用看的就知道了吧,就只是工作上的伙伴。"

"雪枝小姐的衣着很男性化,那个……她是正常的吧?"

"什么正常?"

"就那个正常。"

风太差点儿喷出口里的咖啡。

"不是,这个我不知道,也没问过她。这种事怎么问啊。"

风太可没有这个勇气,而且就算逞无谋之勇问了她,下场也就是被她报以直拳。

"我不知道裕一郎你对雪枝有兴趣。"

风太忽然有了真实感——我一大早就在给人做恋爱咨询啊。

"不是啦,虽然我是觉得她很漂亮……"

"那是什么啦?"

"雪枝小姐是不是对风太有什么特别的感情?"

"哈?没有没有。那家伙没把我当男人。"

风太看着裕一郎的脸。

"这话题是怎么回事,有来龙去脉吗?"

"我昨天回去后也在思考,你不是说会不会有谁去袭击了她们三个吗?"

"是的……"

"虽然我也觉得这很荒唐,但我确实想不出她们三个人接连失踪的理由,不过……"

"不过?"

"某个喜欢风太的人因为太过妒忌，于是杀了风太过往的恋人们。"

风太张开嘴，却说不出话。

"会不会是这么回事？"

"我说，我完全没有这方面的头绪。"

"我也是这么觉得，因为我知道风太不擅长恋爱。"

"对不起哦。"

"但你却在我完全不知情的情况下，竟然和三名女性恩恩爱爱。我真是吃了一惊。"

"我也很吃惊，没想到我竟然还算受欢迎。"

"是是是，对对对。"裕一郎点头，"所以我就想，会不会雪枝小姐也对风太你有好感。"

"我说……"

风太的声音变响了，周围的顾客再次责备地看着他们。

"你这是在怀疑雪枝吗？"

裕一郎的眼角微妙地下垂，风太读不懂他这次的表情。这时响起了"哔哔"的电子音，裕一郎拿起手机。

"哎哟到点了，那我走了。再联络。"

"嗯，走好。"

裕一郎把平板电脑塞入单肩包后快步走出了星巴克。风太一边看着他走向医院的背影，一边把身体靠在椅背上。他突然感到疲劳。

都怪裕一郎的无稽之谈，竟然说有人因为太过妒忌而杀了兰她们。不可能，而且杀已经分手的恋人也毫无意义。

还说这个人是雪枝？风太苦笑着拿出手机，如果不把森的事情报告给雪枝，她之后一定会唠叨。

"喂，情况如何？"

雪枝立刻接起电话。风太简明扼要地说了事情经过，但因为没能和森说上话，所以也没什么重要消息。当然，他并没有转达裕一郎的荒谬见解。

"你说森小姐是裕一郎君医院里的护士？"

雪枝的声音仿佛带电。

"很巧吧。"

雪枝沉默了，狗叫声代为响起。

"反正就是这么回事。下次见面的时候再详细说吧。"

"下次？"雪枝重复他的话，"风太，你没有忘记今天是什么日子吧？"

"欸？今天有什么事吗？啊，是有收养活动吗？"

"真让人难以置信。你的顾客也会来哦，你如果不在就没法谈了吧。"

风太起身跑出店面。

"明白了，我立刻就来。"

"十点，金町。迟到就要你命。"

3

风太刚好赶上活动开场。他擦着汗环视会场，位于地区中心的会场里，大约有十个宠物保护团体设置了展示区。等待领养的狗狗在笼子里坐立不安。

榊山注意到风太后挥起双手。

"早上好风太君，已经有客人来了。"

身材微胖的榊山是"汪汪救助队"的发起人，仁慈心善，听说很快就要六十了。她以前是动物医院里的护士。

"不好意思,没能来帮忙准备。"

"别介意,雪枝说你大概会迟到。"

"汪汪救助队"是靠榊山的品德以及雪枝的行动力来维持的。风太对上正在和工作人员开会的雪枝扫向自己的目光,她看起来很忙。

"如果今天也能定下许多收养人就好了。"

"是呀,拜托风太君了。你可是我们的得分手。坦白说,我没想过风太君竟然能有这么多贡献。"

"我做了贡献吗?好开心啊。"

风太会建议自己做狗保姆接待的顾客说,"第二只狗就来领养流浪狗吧"。是和绘美理吵架时她所说的话,让风太产生了试着把工作上的顾客和救助流浪狗活动联系起来的想法。去年才加入救助队的风太,在今年已经给五只流浪狗找到了领养人。

"不管怎么说,风太可以观察他们的住宅,所以事情就很顺利。"

让人领养狗这件事,最重要的是判断对方有没有责任养。就算对方肯收养,如果没有适合养狗的经济能力以及居住环境,那狗狗也会很可怜。

风太推荐的都是很适合领养的家庭,榊山他们几乎不用再花时间去登门访问,确认情况。

"啊,好像开场了。"

门开了,已经就位的工作人员齐齐鼓掌。带着孩子的夫妇有点吃惊,微微地低下头。在他们之后还有许多人跟着进来,大家都一副兴奋的表情。

"欢迎光临,请进。"

榊山满脸笑容地向客人们走近。其他展示区的向导也跑了过来。

"欢迎光临。"

"早上好。"

各团体工作人员的声音与欢迎的狗吠声此起彼伏,会场一片活跃,场内的温度好像都上升了一两度。或许是因为电视等媒体节目会介绍救助流浪犬的活动,前来参加领养会的人与日俱增。

——与其在宠物商店购买,我更想救助如果没人管就会被安乐死的流浪狗。

有的人或许并没有那么明确的意志。

——在去需要花费好几十万日元的宠物商店之前,先去看看领养会吧,而且这好像还是潮流。

今天聚集在这里的就是怀着这些想法的人。

"真木岛先生,你好。"

"汪汪救助队"的展区前,一名牵着柯基前来的女性把手放在胸前轻轻挥动。

"啊,佐佐木小姐。"

这一位似乎还带着一点点其他目的。

"感谢您的光临。"

"真木岛先生也很够呛吧。"

LUCKY对着风太的脚发起攻击。

"喔!LUCKY也一起来了啊。"

"因为最重要的是和这个小家伙合得来。"

风太挠了挠LUCKY的胸口后,它啪嗒啪嗒地拼命摇起尾巴。

"是啊,必须得成为朋友才行。那之后LUCKY的身体状况没出问题吧？"

佐佐木红着脸说了声"是的"。想起被她邀请喝红酒以及用餐，风太也有点不好意思。

"真木岛先生，给。"

佐佐木递给他一只小拎袋。

"我做了三明治，里面还有红茶。我想你大概没有吃早餐……"

"啊，真不好意思，我收下没关系吗？"

看来佐佐木对风太有好感已经是板上钉钉的事了。

——和我交往就会消失哦。

如果轻轻地告诉佐佐木这件事，她会有什么反应？

"哦，风太君，这是慰问品？真好啊。毕竟你总是饿肚子。"

矢泽阿姨在一旁打趣。

"佐佐木小姐，我们这就去看看吧？"

笼子被放在呈"コ"字排列的长桌上，风太带着她走到最近的笼子前。

"欢迎光临，是佐佐木小姐吧，我听风太提过您。"

雪枝露出职业微笑。她穿着印有"汪汪救助队"标志的围裙。风太觉得她今天看起来不像男人，而佐佐木则出神地望着雪枝。这两人虽然是一正一反两个类型，却都是美人。风太感觉整个会场里只有她们两个所在的地方被光芒笼罩着。

"这个展区共有十八只狗，要不要先看一圈？"

"好的，有劳了。"

佐佐木一路闲逛，不时惊呼着"好可爱""它在笑"。风太拉着LUCKY的牵引绳跟在她身后。在中间的笼子前，佐佐木"啊"的一声停下了脚步。

她把脸凑近了一只前脚搭在笼子上呼呼撒娇的博美。笼子里的狗狗们都被梳理得毛色光泽，头上甚至还戴着小蝴蝶结。这是之前的猫狗美容师矢泽阿姨弄的吧。

"这些小家伙都很可爱，它们真的都是流浪犬吗？"

"是的，全部都是。这些小家伙是我们从动物保护协会那里接收的。"

"如果没有人养它们的话……"

"是的，它们就会被安乐死。"

佐佐木皱起了眉。

"明明那么可爱还要被抛弃……"

"任性的人很多，一旦玩腻了就不照顾它们了。"

还有狗被置之不理险些饿死的情况。

"关于疾病以及卫生方面还请放心，它们被救助以后就一直被精心照顾。"

"嗯，想象不出它们有过那么悲惨的遭遇。"

"我们请兽医给它们仔细地检查过身体，也注射了疫苗。狂犬病很吓人的吧。"

"如果在海外被咬了，之后再入境也没人知道。"

"就是这样。"

榊山在身后搭话。

"因为潜伏期很长。有的人要在好几年后才出现症状。"

"死亡率100%吧，真可怕。"

佐佐木对这些出乎意料的了解。

"另外，我们给它们都装上了微型芯片。"

雪枝用大拇指的食指比出一条极细的缝隙。

"就这么小的芯片，这是为了让狗狗在走失、获救的时候能被查明身份。"

"可以读取狗狗的编号是吧，LUCKY 也装着这个。"

佐佐木点了点头。

"小 LUCKY 几岁了？"

"十二岁，已经是爷爷了。"

"看起来很有精神呢。"

"但是生物的寿命都是注定的，是刻在基因里的吧。"

佐佐木抚摸 LUCKY 的头。

"如果它能长寿当然很好，但如果这小家伙离开了，家父大概会比我更沮丧。"

有很多人为了避免"失宠综合征"而养第二只狗。佐佐木也有这样的心思吧。

"这么说的话，既能让小 LUCKY 又能让您父亲开心的狗狗会比较适合？风太说您想要小型犬。"

"因为我觉得对家父而言，带大狗散步有点辛苦。虽然他才五十九岁。"

"哎呀您真是，您父亲不是还很年轻嘛。和我同年。"

榊山笑了。

"是啊，他虽然很喜欢狗，但觉得照顾起来很麻烦。"

佐佐木拉住风太的衣袖。

"不过没关系，如果家父偷懒，我就请真木岛先生来。"

"啊，这个办法好。"

雪枝看着风太抿嘴笑。

4

最终，佐佐木提出想要那只一眼就看中的博美。

"那么就试着让它和小LUCKY见面吧。"

雪枝把博美从笼子里抱出来，轻轻地放在地板上。

"LUCKY，是朋友哦。来打招呼。"

博美扬起嘴角靠近，LUCKY起初虽然有点警戒，但很快就和博美互相嗅了起来。它们正在友好地彼此问候。

"嗯，看来没有问题。"

看着两只狗的样子，榊山打起了包票。

"那就是这小家伙了。"

听到佐佐木这句话，工作人员集体拍手。

"佐佐木小姐，请来填写一下申请书。"

在雪枝的引导下，佐佐木从椅子上站起。之后就是申请、家访、签订合约的流程。风太暗暗地品味又拯救了一只狗狗生命所带来的感动。

从入口处传来像是争吵的声音。两个男人甩开工作人员走了进来，他们都穿着薄薄的短夹克。走在前面的男人眼神锐利地扫视会场，他棕色头发，看起来和风太差不多年龄，右手拿着张纸。

"我想见一下负责人。"

他的声音很响亮。

"有什么事吗？"

"那是什么人？"

工作人员议论纷纷，因为紧张气氛而害怕的狗狗们开始吠叫。

"啊，店长，就是那家伙。"

环视会场的棕发男人转身望向身后那个四十岁左右的男人，手指着风太他们所在的"汪汪救助队"展区。

"那个短头发的……女人？"

他在说雪枝。

"咦，莫非……"

坐在柜台的雪枝探出脑袋。

"雪枝，你干了啥？"

两个人朝他们走近。穿在短夹克里面的黄色T恤上印着狗和猫的脸，一眼就知道他们的工作与宠物有关。棕发男人朝他们亮出手里的A4纸。

"你在我们店门口散发这个传单了吧，我想和你聊聊这件事。"

雪枝咂了咂嘴。风太看到写在传单上的口号。

"用领养代替购买！"

大大的红色字体，狗狗们哭泣的插画夺人眼球，下面还写了今天领养会的地点和时间。

"负责人不在吗？"

榊山畏畏缩缩地走到棕发男人面前。

"我是这个展区的负责人。"

"店长上，好好说说他们。"

"嗯，嗯。"

棕发男人把那个被称为店长的男人推到身前，他看起来颇为敦厚，眉头深锁地看着榊山。

"散发传单是出自您的指示吗？"

"啊，这……"

"您对我们店是有什么怨恨吗？"

"等、请等一下。"

榊山趔趄了一下，雪枝一个箭步上前扶住她，让她在一旁的椅子坐下。

"不好意思队长，他们似乎是找我。"

"雪枝……"

"我在附近的宠物店前发放了领养会的传单。"

"欸，雪枝这可……"

风太"哈"地呼了口气，虽然这很符合雪枝作风，但也太过了。身穿围裙的雪枝站到两个男人面前。

"是你擅自干的吗？我是那家店的店长山口。这位是店员竹内君。我因为要管好几家店，那家店平时都是交给竹内君的。"

"店长，这个没必要说的啦。"

听竹内这么一说，山口清了清喉咙，风太感觉已经搞懂了他们之间的上下级关系。

"因为你散发的这些传单，顾客们都不上门了。虽然你很年轻，但这是不是有点太鲁莽了？"

所幸山口看起来还算平静，眼下最好的办法就是道歉、息事宁人。

"你快赔罪！下跪！"

身后的竹内大声嚷嚷，看起来脾气很暴躁。不过就算不暴躁，如果自己的店门口有人发那种传单，换了风太也会生气。但就算是这样也不至于让人下跪吧，不能让雪枝去做这种事。

"真令人吃惊。"

雪枝把双臂交叉在胸前。

"你说什么？"

竹内提高了嗓门。

"没想到你们竟然有骨气来抗议。"

"雪枝……"风太低喃。别说下跪了，雪枝甚至不打算道歉，她这是进入了战斗模式。山口一脸吃惊。

"你知道你在做什么吗？这也关系到我们的生活。你散发这种传单，我们是无法坐视不理的。"

"生活？你知道为了你们这种没有心的人的生活，有多少狗将被安乐死？"

其他展区的客人还有志愿者也都聚集过来，在"汪汪救助队"的展区周围形成了几十人的包围圈。山口飞快地扫了他们一眼，做了一个深呼吸。

"你们这是将错就错了吗？"

听起来他在克制自己的情绪。

"就因为你们这些宠物店不停地卖，才会有大量的狗被繁殖。你不要说你不知道没能遇上主人的狗会是什么下场。"

山口一脸为难。

"我知道宠物的流通过程中是有一些小问题，但是我们宠物店对狗狗也是精心照料的。"

"小问题？就是因为有花大钱采购的宠物店，狗狗才会被过量繁殖。这点没错吧？"

雪枝挑衅地说。

"照你这么说，难道抛弃宠物的主人就没有问题吗？主人的义务就是本着负责的态度饲养宠物。"

风太觉得他这话没错。

"就算是救助团体，也有饲养环境恶劣的地方吧？能不能不要全让宠物店背锅？"

雪枝交叉着双臂瞪着山口。

"因为有想和狗一起生活的人，我们才会回应他们的需求。宠物店的工作人员都是怀着爱心照料狗狗，送它们进入顾客的家庭。宠物店是在贩售梦想。"

一旁的竹内高叫:"没错!"他的眼神很认真。

"就这?"

"什么?"

竹内反问。

"这是不用贩售也能实现的事情吧,转让给他们不就好了?"

雪枝一吐了之。

"你这话说得就像是孩子。这可是生意。"

"你觉得说句是生意就完了吗?为了赚钱就能让可怜的狗狗们牺牲?"

"你够了。"

竹内捏起拳头往前,山口用手拦住他:"哎呀,等下。"

"我们做的是法律上认可的生意,自然也有出售宠物的资格认证,既做好卫生管理,又负责售后服务,还花时间培训工作人员。我们为了这些宝贝狗都能被人相中而拼命地努力、下功夫。"

山口和雪枝说的东西是两条平行线。

"店长,不要再说了。你再认真解释也是说不通的。他们可是妨碍我们店营业了。店长你不也被本部说了好几次要达成销售目标吗?"

竹内又往前一步。

"既然你是这种态度,那我们就要请你分文不少地赔偿损失了。"

赔偿损失?他们打算要多少钱?宠物商店里出售的狗通常都要二三十万。风太望着雪枝。

鸦雀无声的会场里响起雪枝的叹息。

"真是个小肚鸡肠的男人啊。"

竹内瞬间眯起了眼。

"你爱怎样就怎样。但是,你觉得你们这种像垃圾一样无济于事的行为能够阻止我们崇高的活动吗?"

"你们哪里崇高了?救助流浪狗这种事,不就是一群闲人聚在一起以善人自居吗?"

听到竹内的暴言,志愿者及工作人员都有点按捺不住了。

"你说得对。"

"哎?"

"我们肯定都是善人啊。因为我们在帮助可怜的狗狗。我们是正义的。"

雪枝说得斩钉截铁。听到这番话,风太感到胸口一热。

"对,说得好!"

有人鼓掌,但被竹内瞪了一眼后又停下了。

"你在说笑吗?"

竹内的肩膀剧烈抖动。啊,糟糕了。

"我没在说笑。这里的人都是狗狗的好伙伴。而你们是狗狗的敌人,是卑鄙人类的代表。快点离开这里。"

"你要是老实点的话……你当自己是谁了。"

竹内脸色勃然一变。雪枝看着朝自己走近的竹内,把拳头架在了下巴前,这是格斗姿势。

"雪枝,停下。"

现在动手就输了。风太不自觉地移动脚步,回过神时,他已经站到了两个人之间。眼前是竹内通红的脸。

"请冷静些,不要使用暴力。"

他举着双手,这话也同样是说给身后的雪枝听的。

"你干什么，让开。"

风太不擅长争吵。学生时代如果遇到纠纷，他都会退避三舍，以免受到牵连。但现在自己为什么会出现在这样的场景里？

"我叫你让开。"

竹内的气息喷在脸上。

"等、等下，竹内君。"

山口担忧地劝说，但竹内正激动着。必、必须说点什么……美咲的脸庞忽然浮现在风太的脑海。美咲正在玫瑰花前微笑。

"风太君，为了不再有狗狗被安乐死，要改变日本哦。"

风太目不转睛地看着棕发的竹内，觉得他长得有点像柴犬。

"我……我不认为错的只有宠物店。"

"风太！"

雪枝在身后大喊。

"错的是这个国家的结构。"

竹内"哈"的一声，表情也放松了。

"归根结底错在认可了宠物的销售，应该立法禁止。"

竹内说不出话来。

"确实应该重新考虑法律。我每天也觉得很矛盾。"

山口在一旁静静地说。

"店长，你在说什么？"

竹内瞪着眼。没想到宠物店店长居然成了援军，风太更有信心了。

"是吧，只要修正把狗当成物品的法律就可以了，应该把它们摆在……像是'人类伴侣'这样的位置。"

"说什么梦话……"

竹内想要打断他，但风太继续说下去。

"一开始哪怕是条例或者设立像是特区都好。"

竹内一副要扑过来咬人的表情。

"如果狗的地位上升，就不会有安乐死以及买卖了。因为这是违法的。当然，我们也要让狗为我们工作。是不是能让找不到主人的狗主动为孩子以及老年人做点什么？我是从事狗保姆行业的，深知狗狗对人类有多治愈。学校、医院、养老院……如果好好去思考，应该能有更多的地方吧。如果这个设想可以实现，那么应该也能为在宠物店工作，喜欢动物的人提供对狗、对社会都好的、有价值的工作。"

风太说着说着就兴奋了，他觉得自己的发言很精彩。

"是的，我们应该构建一个不用对狗安乐死、人类和狗能够和平共存的新社会结构……"

"少敷衍了！你这家伙，叽里咕噜的……"

风太的肩膀被竹内撞开。

"哇！"

风太失去了平衡，手抓到一旁的推车。但推车的刹车没有按下，推车骨碌碌地动了起来，风太顿觉头昏眼花。

"风太！"

他听到一声尖叫，然后在撞击中两眼一黑。

5

"啊，你醒了吗，风太君，你没事吧？"

眼前是榊山的脸。

风太慌忙坐起上半身，却见无数张脸都在俯视自己。他想站起身,却被人轻轻地按住了肩膀。雪枝把冷毛巾敷在他头上。

"再坐一会儿。来,喝水。"

风太接过递给自己的塑料瓶。

"我怎么了?"

"你倒下的时候头撞到了桌角。"

所以才失去意识了吗?风太环视周围。

"雪枝,那两个人呢?"

"嗯?已经回去了哦。"

矢泽阿姨双手在嘴边比出喇叭的样子。

"大家一起高喊着'滚'把他们赶走了。两个人脸都白了,不住地道歉。店长还留了名片,说万一你有个三长两短……"

"是嘛。"

榊山把手搭在雪枝的背上。

"雪枝,虽然我明白你的心情,但这次的事我觉得你有点用力过猛了。"

雪枝孩子气般地嘟起了嘴,她们两个人的关系好得就像母女。

"啊,疼。"

雪枝的手指在风太的头上摸索。

"啊,肿了好大一个包。来,这是几根?"

风太数了数雪枝伸到眼前的手指。

"两根、四根、一根。"

"嗯,很清醒。"

风太第一次这么近距离看雪枝,他觉得自己仿佛要被吸进那双眼眸中,不由心跳加快。

"我说,是不是最好叫救护车来?"

佐佐木也是膝盖着地，一脸担心地看着他。

"不用不用，这么小的事不用大费周章。"

雪枝点头。

"他口齿清晰，应该只是轻微的脑震荡。"

"你说的是真的吧，雪枝？"

榊山摸着胸口松了口气。

"我在拳击馆里经常看到别人倒下。"

"哎哟，看起来没什么大事。"

看起来是其他展区负责人的男子啪啪地拍起手。

"那就重新开始领养会吧！"

"明白""那么回展区吧"的声音此起彼伏。连别的团体的人都在为自己担心。

"真不好意思，让大家受惊了。"

榊山和雪枝对众人低头。

"哪里哪里，你讲得很精彩。"

"小哥你真帅。"

"我有点被感动了。"

"下次一起喝酒吧。"

无数只手伸到风太面前，风太感到胸口似乎有什么东西在翻腾，虽然有点不好意思，他还是和他们一一握手。

"啊，LUCKY，不可以哦！"

LUCKY扑向风太，一个劲地舔他的脸。

"真不好意思。"

佐佐木拉起LUCKY的牵引绳，LUCKY"汪"的一声从风太的膝盖上跳下。众人哄堂大笑。

"真木岛先生，我还有工作，必须先行告辞了，你真的没事吧？"

"完全没事，今天谢谢你了。"

"要保重哦。真木岛先生，我学习了非常重要的东西。"

"欸？学习？"

佐佐木盈盈一笑。

"没什么。等家访那天我还请真木岛先生前来。"

"我知道了。"

佐佐木在无数次回头中离开了会场。

"风太君，她看着人挺好的。"

矢泽阿姨笑嘻嘻的。

"她是我的顾客，不知道怎么挺中意我的……"

"哦哦，我吃饱啦！"

虽然头上肿着的包很疼，但自己却为了保护雪枝而站到了宠物店那两个人的面前。平时总是在旁观望的自己努力收拾了当时的局面。风太的心情前所未有的高亢。

"那么风太，走吧。"

雪枝拉住风太的手臂。

"走？去哪里？"

"队长，我带他去附近的医院。"

"嗯，去吧，去做个 CT 或者 MRI。"

"喂，雪枝，都说了不用。"

风太连忙要起身，头上肿着的包一跳一跳的疼。

"有时候脑震荡造成的损伤要过段时间才发作，这是以防万一。"

诊察结束后，风太对坐在等候室椅子上的雪枝举起手。

"医生说不用担心。"

雪枝绷着的脸放松了。刚才她既没有看手机也没有看杂志。

"太好了,这样总算是放心了。"

雪枝微笑着。

"是、是的。"

感觉情况不太对劲。

"回去吧?"

取了药后,他们离开了就在地区中心附近的医院。走在前面的雪枝身上散发着危险的气息。

"那么,我还有点事。"

"有事?领养会才开了一半。"

"你跟队长说我很快回来。"

一看雪枝僵硬的脸就知道她想要搞事。

"你等下。你不会是要去刚才那个宠物店吧?"

"怎么可能,我去那里做什么?"

雪枝的嘴唇微微抽动,这个不会说谎的家伙。风太站到雪枝面前。

"绝对不行。好不容易才收的场又要闹大了。"

"难道就让风太吃亏吗?"

"看,你果然是要去打人。"

雪枝别开视线。

"你在想什么呀。你妨碍营业、我受了伤,两相抵消。如果再起争执会给大家添麻烦的。你觉得这样好吗?"

雪枝一脸不服,如果放她一个人她就会去,得让她冷静。风太看了看周围,找到一块家庭餐厅的招牌。他们现在采取的是轮流用餐制度。

"正好,我们去那里吃午餐吧。我饿了。你要知道,饿肚子的人是思考不了什么正经事的。"

雪枝"噗"地笑了。

"没想到风太会说这种话。"

他们大步流星地走进家庭餐厅。

"我请你。"

"哦,真棒!"

只是让她做这么点小事,应该不会遭报应的吧。已经快两点了,店里的客人并不太多。雪枝点了意面,风太则点了汉堡肉饼套餐。

"你头还痛吗?"

"No problem(没问题)。"

"都怪我,对不起。"

"虽然说是没事啦,但你为什么会那么别扭?"

"都说了对不起了。"

"这不是对不起的问题吧。"

雪枝伸了伸舌头。

"风太,你说得很棒哦。"

"是嘛?其实当时我太投入了,不记得自己说了啥。"

"对那个竹内来说就是火上浇油了。"

雪枝一口气喝完摆在桌上的水,又嚼起了玻璃杯里剩下的冰块。最好是停下这个话题。

"我最近一直都在好好吃饭。昨天吃了烤肉,今天一大早还吃了甜甜圈。"

"甜甜圈?真是稀奇。"

"是裕一郎给我的。对了,晚上还有佐佐木小姐给我的三明治。"

"感觉风太跟狗狗似的。你饿肚子的时候是不是会吃狗狗的零食？"

"嗯，偶尔。"

雪枝垮下肩。

"真是的，别这样啦。"

风太总是把犬用小饼干放在口袋里随身携带。他曾经在饿到浑身无力的时候吃过，味道还不错。

"对了对了。"雪枝说着探过身子，"没想到森小姐是荣王大学医院的护士。"

"嗯，我也很吃惊。"

"莫非绘美理小姐也是护士？"

"我让裕一郎查了，不是。"

午餐的盘子被端上桌，但雪枝却没有动。

"吃吧。"

风太把牛肉饼一切四份，肉汁四溢，香气扑鼻。

"风太，裕一郎君是什么样的人？"

"什么样……他是我大学时认识的朋友，喜欢管闲事。"

"他是风太这边的吧？"

风太正把牛肉饼往嘴里送的手停下了。

"什么意思？"

"这事和裕一郎君没有关系吧？"

雪枝看着手中的叉子尖端。这两个人正在互相怀疑。风太很认真地想让他们来一次对决。

"昨天，我试着用美咲小姐她们三个人的名字在报社的数据库里搜索。如果她们是交通事故或者犯罪事件的被害者的话，应该能从报社的新闻里查到。"

这次轮到风太探出身了。

"然后呢?"

"没有任何报道写过这三个人被卷入了什么事故,也没有卷入跟警察相关的案件。"

"是嘛……"

风太用雅虎和谷歌搜索的时候也没有查到,显示的全都是姓名判断的软件广告。

"我觉得美咲小姐应该就是病死的。"

"一般都会这么想吧。"

"现在又知道了消失的绘美理小姐的朋友是护士,而且还和风太的朋友裕一郎君在同一家医院工作。"雪枝一边用叉子卷着意面一边说,"你有没有感觉不太妙?"

"是偶然……吧。"

"说不定是必然哦。"

是注定要消失的女性在和风太交往——风太回想起雪枝在烤肉店里说的话。

牛肉饼顿时没了味道。要说感觉不妙,那么从收到美咲的报丧明信片后就开始了。他已经连续好几天感觉不妙了。

"总之就只有照你说的做,去查绘美理在和我分手以后的情况。"

"今天你没能和森小姐说上话吧?"

"嗯,但后天是节假日,医院应该休息,我去她家试试。"

雪枝大口咽下意面。

"那边我也要去。不过在那之前……"

雪枝拿出手机。

"你看这个，我搜索美咲小姐名字的时候发现的。"

屏幕上显示着淡紫色的玫瑰。

"这是玫瑰吧？"

"看下面。"

"啥……福山'玫瑰'摄影比赛……咦！"

"远山美里（福山市）获奖"的字样跃入眼中，风太不由站起了身。

"嗯？雪枝你搞什么呀？虽然很可惜，但这个不对，她名字不是美里，是美咲哦。"

雪枝啧啧地晃着食指。

"这个是今年五月举办的比赛。美咲小姐妈妈的老家就在广岛县，福山就是广岛县的哦。这人会不会是美咲的妈妈？"

风太也不多话，伸手探向夹克的口袋，抽出了美咲的报丧明信片甩到桌子上。她母亲的名字和她应该只有一字之差。

"是了，没错。远山美里就是美咲的妈妈。"

"BINGO（猜中）。她妈妈搬去福山老家了。喂，风太，不要大剌剌地站着，快坐下。"

"哦。"

风太哼哼唧唧地坐回沙发。

"你觉不觉得如果去问举办比赛的事务局，或许他们会告诉我们她妈妈的联系方式？"

"哦哦！"

"虽说这是个人信息，但如果直接上门把事情说清楚的话或许能行哦。"

"是啊，如果能见到她妈妈，就可以弄清楚美咲的事了。"

"风太，去见她呀。"

"当然，我明天就去。"

风太拿出手机。

"福山是吗，路上要花多久……"

他在搜索路线的应用程序里输入"福山"。

"什么呀，从东京站过去只要一趟新干线就好了，这可以当天来回了。啊……"

"风太，你怎么了？"

"我，那啥……钱……"

就算是乘自由席，往返也要三万日元以上。

"真拿你没办法。没关系，我借你。"

"真不好意思，感恩。"

"相对地，你也要问下可可的情况哦。我很担心。虽然我觉得她妈妈应该是把可可一起带去老家了。"

"我知道了，交给我吧。"

风太把叉子插在牛肉饼上，觉得总算看到了一条光明之路。

第四章

*** 绘美理 ***

令人馋涎欲滴的诱人香味，店员们精神饱满的吆喝声，肉汁滴到炭上发出的嗞嗞声，顾客们爽朗的笑声。绘美理第一次坐在烤串屋的吧台座位上，烤串被一根一根摆在自己眼前的盘子里。她才吃了两串。吃之前，身穿白色烹饪衣的店员都会告诉她烤串的名字。

她吃惊于配山葵吃的鸡胸肉，又为第二串的鸡肝而咂嘴。坐在身边的风太因为手机来电而去了店外。虽然说一个人会有一点不安，但绘美理正在期待下一串。

"嘿，这是特制的烤肉丸，很烫，还请当心。撒上一点七味粉吃也很美味哦。"

绘美理对着年轻的店员点了点头，当即就拿着签子用牙齿咬了一颗下来。好烫，太棒了，但是好烫。感觉会烫到舌头。她不由喝了一口风太座位上的啤酒。虽然很苦，但冰冰凉的感觉很舒服。她咕嘟咕嘟地喝着，呼地吐了口气。绘美理觉得自己好像大叔似的，一个人在那里笑了。稍微喝一点儿也没什么吧！

"哦！这里的肉丸很好吃吧。"

回到店里的风太拍了拍绘美理的肩。

"怎么可以把女朋友扔下跑出去。"

绘美理嘟着嘴。

"啊，对不起、对不起。"

近来，绘美理开始和风太抬杠。自遇上做狗保姆的风太已经快满三个月了，也不仅仅是因为一次次的约会中她开始对风太习惯。绘美理认为他是个好人，但这个人将来要怎么生活？在普通人上班的工作日里他却在约会，这令她感到不安。

今天他的穿着也是T恤配牛仔裤，T恤上印着两人一起去看的电影里的角色。虽说穿着随意也挺好，但绘美理也想看看风太衣着正经的模样。独立从事狗保姆这一行，如果没有接到顾客的预约就没有工作——绘美理渐渐明白了这类工作既稳定，也赚不到钱。但风太总是漫不经心地笑着，完全没有在考虑今后的样子。

绘美理有点焦躁。既然是成年人，她希望风太能好好工作。

"我是因为一些小事去接电话了。"

重新坐下的风太"咦"地叫出声。

"你喝过我的啤酒了？"

"不行吗？"

"怎么可能不行？老板，再来一杯生啤。"风太举起玻璃杯示意。

"好嘞。"老板慢条斯理地回答。

"绘美理不是不会喝酒，也从没来过喝酒的地方吗？"

"如果连酒都不能喝，人生就没有乐趣了吧？"

"你怎么了，心情不好？"

风太一边笑一边啃起了肉丸,又喝了口刚端上来的啤酒。

"风太先生,你说有话要说?"

"啊,嗯。"风太盯着啤酒杯看。

"我是去年在考虑是不是放弃做狗保姆。"

"欸?为什么?"

"我对客人的无理取闹感到累了。到头来,做公司员工也好自己单干也好,都要对人低头。"

"你是要做回需要穿西装的工作吧。"

"我在想,要不就专注于狗狗的救助活动。"

绘美理知道风太致力于从事救助狗狗的活动。

"但那是志愿者吧,赚不到钱的……"

"我还有一点点存款。你看,现在行情也不错吧,有的是兼职工作。"

"但是狗保姆的工作才和救助狗更相关吧?"

风太显然对这话没有准备,他笑了。

"这个可说不好。"

简单来说就是他不想工作了。

"嘿,接下来是鸡腿。"

盘子里摆上了第四根烤串。风太用他看起来很健康的牙齿啃着,然后大叹"好吃"。

"风太先生,你这样能生活吗?"

"唔,坦白说有点紧张,但总有办法的吧。"

绘美理感觉脸烫如火烧,不知是因为酒精还是怒火。

"因为你不喜欢对人低头吗?"

"虽然也有这个原因,但主要是因为我想做有意义的事。"

"这听起来就是在逃。"

"喂，绘美理，不要这么说。"

"就算辛苦、就算无聊，但每个人都在为了生活而工作吧。只做自己喜欢的事固然开心，但这样活不下去吧？"

"你声音有点太大了。"

风太很在意周围的客人。

"我对那么平凡的人生没有兴趣，只要现在过得充实就好。我不想为了点钱就辛苦忙碌、劳心费神。总能遇上好事的。"

绘美理忍不住抓起盘子里的烤串掷向风太。

"啊！喂，你干什么！"

烤串在T恤上留下油渍后落在地板上。

"为什么你不好好考虑将来的事？你这样一辈子都没法结婚生小孩！"

"你怎么了啊？"

风太沉下脸瞪着绘美理，热闹的店里也忽然安静下来。

1

"不好意思，还让你特地开车。"

"哎呀，没事没事，我也是顺便。"

"玫瑰之都福山"的宣传负责人重田握着方向盘，爽快地笑着。秋日的晴空万里无云，市政府的车飞驰在福山市区。事情太过顺利，风太反而感到不安。

在福山市政府，风太问起"玫瑰"摄影比赛的负责人后，很快就被带去了负责人所在的楼层。风太才说自己来自东京，重田就从柜台里冲了出来："啊，是是，采访是吧？"

风太没有否认，他拿出手机给重田看美咲的母亲在比赛中获奖的作品，然后说对这种玫瑰很有兴趣。淡紫色的玫瑰是一种被命名为"福山"的珍稀品种。这是风太在新干线里想到的，如何才能在提出想见远山美里后不会被拒绝的方法。

重田满脸笑容地说："这种玫瑰的名字叫'尼科莱·贝格曼·福山'，今年才诞生哦。我带您去看实物。获奖者远山女士也在，您可以请她说几句。"风太好不容易才忍住握拳庆祝的冲动。这三天来，他虽然到处奔波，但所到之处总是被告知"不知道""认错人了"，而现在的遭遇简直令他难以置信。

"您去看过福山城了吗？"

从窗外可以看到雄伟的天守阁。

"没，还没有。"

"之后还请去参观哦，如果有时间还可以去鞆之浦看看。今年那里被认定为日本遗产了，景色非常棒，我这就给您观光手册。"

"谢谢，您这么客气我都不好意思了。"

"哪里哪里。"重田用左手拍了拍脖子。

"您能特地从东京前来我真的很高兴。我们的工作就是宣传福山。二〇〇四年的时候，世界玫瑰大会就是在这里召开的。"

"好厉害。"

"是吧。再怎么说也是国际展览会，世界各国都有客人前来。"

重田的解说滔滔不绝。往窗外望去，街道上到处都有玫瑰花坛。或许正因如此，这里的风景明亮而温暖。风太可以感受到整个城市都在精心培育玫瑰。

"啊，您看，那里就是玫瑰公园，是玫瑰节时一个主会场。"

车在红灯前停下，重田指着前方。宽阔的公园里满是玫瑰。风太突然开始紧张。

"远山女士就在那里吧？"

"是的，公园里有栋建筑物，她正在那里参加玫瑰栽培讲座。她很热心，从比赛获奖之前就每周参加了。"

把车停在公园的停车场后，两个人一起下了车。

"哇，好多玫瑰。"

走近了看，这里就如同玫瑰的海洋。风太回忆起曾经和美咲在千叶的玫瑰园约会。

"毕竟有五千五百株，其中有好几种玫瑰的名字都带有'福山'。我带您去参观吧。"

"啊，如果可以的话我想在参观之前先和远山女士聊一聊。"

"没问题。远山女士她在……"

重田没有丝毫不悦，他环视着公园。

"啊，在那里在那里。远山女士，有客人哦。"

站在爬藤玫瑰前的女性回过头。

"我就在旁边的小卖部里，您聊完了请来叫我。"

重田朝正在看盆栽玫瑰的人群处走去。风太道了谢，走向那个手里拿着修枝剪的女性。终于见到她了，风太的心跳加速。女性一脸诧异，看起来和风太的母亲差不多年纪。

"您是远山女士吗？"

"我是，有事吗？"

她的嘴形和美咲一模一样。没有错。

"请问，您是美咲小姐的母亲吗？"

美里脸上的表情瞬间消失了。

"你有何贵干？"

很显然，她并不欢迎自己，但即使这样该问的还是得问。

"我是从东京过来的，为了了解美咲小姐去世的原因。"风太一口气说完。

美里的眼神变得严厉起来。

"你是媒体的人吗?"

"不是,不是。我……我是美咲小姐的朋友。"

"你说你是美咲的朋友?"

美里的眼往上挑。风太连忙从口袋中取出两张明信片。

"请看这个。"

美里单手接过贺年片和报丧明信片,她的手激烈地颤抖。明信片落在公园的草地上。

"连这个都……你是从……从哪里弄来的?"

她的声音好似哀鸣。

"没有哪里……这是寄给我的。"

风太想给她看收件人,膝盖撑地拾起明信片。

"美咲不可能有你这样的朋友!"

风太抬起头,除了"哎"之外发不出声。美里手中的剪刀刀刃正对着风太,她的嘴唇在颤抖,表情狰狞。

"我不该寄报丧明信片的,竟然还有人追到这里来……"

她的情绪失控了,风太站起身往后退了一步,眼睛片刻不离那闪着光的剪刀。

"我说,美咲妈妈,请您冷静。我真的是美咲小姐的……"

"不许叫那孩子的名字。"

美里抛下这句话,忽然转身冲了出去。

"啊,请等下。"

美里跑出公园,伸手拉出停放的自行车。风太一头雾水地追赶。

"请等一等。"

美里骑上自行车飞驰而去,耳边传来她呜咽般的哭声。风太唯有怔怔地站着。

2

"新神户就要到了。出口在左侧……"

风太在新干线的报站声中清醒。他脑袋昏昏沉沉的,非常疲劳。他不知道自己是怎么从那个公园回到福山站的,从追丢美里到乘上新干线的这段记忆模模糊糊。

风太觉得自己大概是因为被太过强硬地拒绝,导致思维停滞了。隐约记得在公园里重田似乎跟他说过话,但风太不知道自己是搭了他的车还是自己步行的。

或许是因为坐在座位上一动不动,风太感到背疼。他扭了扭身子,却感觉耳边嗡嗡作响。昨天因为撞到头而肿起来的包一阵刺痛。

为什么?为什么要拒绝我?为什么要隐瞒那三个人的事?为什么都不肯告诉我?

风太一个激灵,她们三个是不是从我身边逃走的?美咲的母亲、绘美理的朋友森……所有人都在设法让她们远离我。风太的手拍打在膝盖上。

我到底是做了什么?他捏着膝盖想。不,我一定是做过什么了。不然不会发生这么诡异的事。

我做了什么?我对她们做了什么?

风太有气无力地拿出手机,点开兰的博客再一次看那些文章。兰最后发的一篇,从"再见,珍重"这个标题开始。她想借此来让风太觉得她已经死了吗——为了让自己再也不会靠近她。死亡是永远的告别。但是，有必要这么费事吗？

　　风太一篇一篇仔细地阅读兰的博客文章，内容全都是与风太的对话、狗狗还有极其简单的备忘这类日记，完全找不到线索。

　　从名古屋上车的乘客坐到风太身旁。风太正打算关上博客时，却忽然停下了手指。与风太分手后更新的文章最底下有一张很小的照片，因为没有配说明文字，风太之前都没有留意。如果不仔细看，大概会觉得这是广告吧。

　　那是个可爱的小女孩，虽然看起来还一脸稚嫩，但眉眼之间全都是兰的模样。兰正昂首挺胸地站在圣诞彩灯前。照片背景是一栋傲然伫立的高大建筑。风太虽然没有去过，但也知道那里是六本木新城。

　　许多人正在享受圣诞节，兰比着"V"的手势。是她父母拍的吧。风太静静地看着兰的脸出神，然后用力闭上眼。风太对交往之前的兰一无所知，无论是上过的学校还是住过的地方。

　　四年前，他们因为博客相识、第一次见面。仿佛就像是穿过迷雾出现在风太面前一般。风太再次凝望这张照片，年幼的兰正在微笑。

　　兰，你现在在哪里？在遇到我之前，你又在哪里、做过什么？

3

　　镜子里的脸看起来很憔悴，就像是蜡像。风太恍惚地摸着下巴上四天没剃的胡子。门铃响了，风太打开门，心想大概是快递或者是别的什么人，却见门口站着一位长发女子。

"抱歉，在你休息时打扰。"

她和气地笑着，是刚搬家过来问候的吗？

"我是为此而来。"

她递来的册子以前也曾出现在信箱里。风太"啊"地摸了摸下巴。是来宣传新兴宗教的。

"不好意思，我家用不上。"

"是吗？打扰了。"女子有些失落地行了个礼。

风太关上门，心中稍微有些抱歉。没想到那么年轻漂亮的女性也会到处劝人入教。

如果心怀不轨的男人对她说"你进屋我听你说"，她会怎么做，为了信仰而献身吗？虽然这样的想象十分龌龊，但当魅力四射的女性接近自己时，男人也是会误会的。

这时，风太忽然想到，莫非他也产生过大大的误会？

狗的叫声响起，是手机的闹铃。风太生怕迟到又被雪枝骂，所以设置了提醒，现在已经该出门了。

走出车站后，外面一派秋高气爽，风太想到，这片天空与美咲母亲居住的福山的天空是相连的。

"风太！"

雪枝夹着香烟，对站在闸机旁的风太挥了挥手。今天她打扮得像个建筑工人。风太不是很懂雪枝的品位，但不可思议的是，他就是觉得雪枝很时尚。

"早上好。昨天往返福山辛苦了。"

"虽然一无所获。"

风太故作开朗地回答。他昨天已经打电话把拜访美咲母亲的事告诉了雪枝。

"你脑袋怎么样?"

"都叫你别担心了,肿也消了。"

其实还稍微有点刺痛。

"好嘞,那咱们就出发吧。"

和雪枝约好的时间是十点。他们讨论过,即使是节假日,万一森外出了也不好办,便决定上午就去拜访。当他们走到商店街时,手机响了。

"会是谁呀……啊,是佐佐木小姐。"

风太对雪枝点了点头,按下通话的图标。

"我是真木岛,领养会上承蒙关照。"

"早上好,你的头没事吧?"

"嗯,已经完全好了。抱歉让你担心了。啊,三明治很好吃。"

"那太好了。呃,真木岛先生,你离开'众乐'了吗?"

"欸?"

风太停下脚步。

"官网上有负责人变更的通告,上面没有真木岛先生的名字。"

"怎么会有这种事!"

走在前面的雪枝转过身。

"我立刻就去确认。嗯,我先挂了。"

"风太,怎么了?"

"说我的名字从狗保姆的员工名单里消失了。"

风太说着,用手机点开"众乐"的官网。

"没事,你慢慢来。"

雪枝走近便利店前的烟灰缸拿出烟。手机屏幕里显示出"城东地区员工变更通知",文中介绍了一个他不认识的、名叫春日的男人。风太又点开负责人名单。

名单里列着城东地区员工的近照、名字、住址以及简介。顾客一般会从中挑选离自己家近的员工来委托工作。里面没有风太的名字。

"为什么?"

风太立刻打电话到事务局,接电话的是神村。

"局长,员工变更是怎么回事?"

"没有怎么回事,真木君。我应该和你约法三章过。前天你好像在领养会上和宠物店的人发生了些不愉快吧。"

风太抽了一口气。他为什么会知道这种事?是有人在监视自己吗?

"那是因为……"

"看来我的忠告是徒劳的。"

"就因为这点事就要解雇我吗?"

风太握紧了手机。

"我已经把解除合约的文件寄给你了,你早点儿来办手续。"

"请等一下局长,你这么突然……"

"你知道'无须多言'这个词吗?"

通话被挂断了。

"你刚才说了解雇吧,发生什么了?"

雪枝在烟灰缸上用手指弹了弹香烟。

"啊……就是我搞砸了点事。"

如果说了原因,雪枝会耿耿于怀吧,而且责任在被神村提醒后还去参加领养会的风太身上。

"难道是你对佐佐木小姐下手的事被发现了?"

"不是啦。我没有对她下手。"

"生活费要紧吗?"

"啊，谢谢。我觉得大概能解决。"

他回忆存折里的余额，下个月的房租还是够的。

"啊！"

"干什么，不要吓人啊。"

"下个月要给公寓续租，有续租费。啊——"

"这次又怎么了？"

"'众乐'的加盟费还没付，我请他们多等一阵的。退出后会被要求立刻支付。"

无须多言，等那笔付款通知来了就不妙了。

"新干线的钱，我可以再多等一阵。"

"呜呜，谢谢。"

"但过了今年还是要还的。"

"既然这样……"风太假装没有听到，大声说，"就算没有'众乐'的招牌，我一个人也得干了。"

"哦！很有干劲嘛！"

"我去找服务过的老顾客，一个个求他们绕开'众乐'给我工作。"

也有一小部分顾客是在看了博客以后来委托工作的。等回去后就全面展开上门服务吧。当场赠送遛狗服务也可以，总之要尽快和顾客联系上。风太瞪着那个叫春日的新负责人。如果自己拖拖拉拉，工作就会被这家伙彻底抢走。

不管怎么说，如果找不到兼职自己就撑不到过年，这是显而易见的。风太的目光落在便利店架子上摆的招聘信息杂志上。

"你这样能行吗？"

听到雪枝这么问，风太觉得她的脸仿佛和另外一个人重叠在一起。

"你这样能生活吗?"

绘美理的声音在脑中响起。这是他说想要辞去在"众乐"的工作后,绘美理丢过来的话。

"如果辞职的话就会这样啊。"

"欸,什么?"

"没什么,走吧。"

但雪枝好像没打算走。她站着不动,手里点起了烟。

"我说风太,现在不是你做这种事的时候吧?"

烟雾自她噘着的嘴里吐出,缭绕弥漫。

"像这样去探索风太以前恋人们的事有什么用吗?也没有人拜托你这么做。"

"雪枝……"

"虽然事情诡异得让人不得不在意,但就算你查到真相,美咲小姐她们也不会开心吧?"

"话是这么说,但美咲都已经死了。"

风太为自己话语中的冷漠而战栗。

"我们感到心里不舒服都只是因为好奇吧。"

确实是这样。不管做什么,美咲都不会复活。就算找到兰和绘美理的下落,也不表示他们能重归于好。这无非只是让离得远远的自己放下心罢了。

丢了工作的风太如果不尽快想好赚钱的方法,那就没法糊口了。虽说母亲会很高兴,但他不想因为这种理由而回老家。

"但是,我想知道。"

雪枝眨着眼。

"虽然交往的时间很短,但我曾经喜欢过的人消失了。"

兰、美咲、绘美理。

"她们都消失了。"

他觉得鼻子的深处有点酸。

"我觉得我必须搞清楚她们为什么会不见的。"

"为什么?你们不是已经没有关系了吗?"

"我……我至今还会想起她们的事。有些事我如今都还能努力去做,也是多亏了她们。她们不仅仅是我过去的恋人。我很感谢她们。不能对她们漠不关心。如果这次的事不弄清楚,今后我也会一直放不下。那样的话,她们会责备我的。"

风太一口气说完后,传来"丁零零"的铃声。小孩子骑着自行车从他们身后经过。

"明白了。我只是试探一下你,我会陪着你的。"

4

森的家在白天看起来似乎小了一圈。花坛里白色的三色堇轻轻摇曳。风太按下门旁的门铃,过了好一会儿都没人应答,也没有脚步声。

"搞什么呀,出门了吗?"

"她已经外出了,或者是有事?"

"说不定是因为想睡觉就不理了。"

风太察觉到一件事。

"没有听到狗叫声。"

"真的!上一次有两只狗吧?狗总不会假装不在吧。"

"是去散步了。走这边,雪枝。"

风太快步走在大约两年前森带着五右卫门行走的道路上。当时,风太跟在她们身后,绘美理就在自己身旁。

"风太,她也有可能是去护理或者动物医院了吧?"

"她以前抱怨过只有休息的时候才能散步。天气又这么好,肯定是去散步啦!"

道路尽头是训练五右卫门散步时的公园。树上的叶子已染红,孩子们在玩攀爬架。对城市来说,这是个宽敞的公园。

"风太,她在吗?"

"嗯……没看见。公园深处有一片野地,或许在那里。"

他们踩着落叶在小道上前进,渐渐地开始与步行、慢跑的人擦身而过,还看到了一些牵着狗的人。

"啊,在那里。"雪枝喊出声。

森带着两只狗。一只是法国斗牛犬,还有一只小狗,是迷你腊肠犬。

"雪枝,跑过去吧。"

终于逮到她了。

"森小姐。"

森穿着深蓝色的短外套。风太从身后叫她,她转过身,瞬间瞪大了眼。风太觉得她下巴的弧线都绷直了。

"早上好,森小姐。"

他喘着气。

"我还是想问绘美理小姐的事……"

"哎,那只腊肠犬,怎么会?!"

雪枝几乎掐着嗓子叫出声,她在腊肠犬的面前蹲下身,膝盖着地。

"是可可啊,这是可可吧!"

"可可?怎么可能!"

不可能有这种事。腊肠犬仰天卧倒对着雪枝翻肚子——很像可可,美咲一见钟情的可可。

"森小姐,这只腊肠犬是可可吧?是美咲小姐养的可可吧?"

森用手捂着嘴。

"你在说什么?不是。腊肠犬到处都有吧,每只都长得差不多。"

"可可是我救助的,是我把可可交给美咲小姐领养的。"

森的脸唰地一下白了。风太蹲下,双手轻轻夹住腊肠犬的头,和这只鼻梁修长的成年腊肠犬对视。和美咲一起散步时的可可还是幼犬。鼻子微微颤动的腊肠犬"汪"地叫了一声,晃着脑袋直舔风太的手指。

"等下。"

风太从口袋里抽出美咲给他的贺年片,把照片里漂亮的可可跟眼前的腊肠犬做对比。

"很像,是可可。"

"我不是说了它不是吗?"

"森小姐,那么这只狗的名字是……"

森听到雪枝的问题,一时说不出话来。

"就是可可吧。"

如果这只腊肠犬就是可可,那到底是怎么回事?雪枝直起身。

"如果你一定要假装不知道,那我就要查它的微型芯片咯。"

"请放过我吧。"森无力地呻吟。

五右卫门冲着风太和雪枝吠叫,它是想要保护森吧。

"为什么美咲小姐的狗是你在养?"

森目光闪烁地望向脚边,仿佛在寻找什么东西。

"因为美咲是我负责的患者。"

风太吞了吞口水。雪枝也倒抽一口气。七零八落的线索仿佛在一声巨响中连在了一起。森是绘美理的朋友,也是照顾美咲的护士。

"因为美咲无法在家里照顾可可,所以就由我收养了它。"

风太一个激灵。

"绘美理也是患者吗?"

森鼓着脸咬紧牙关。风太走到雪枝身前。

"森小姐,你为什么要骗我说不认识绘美理?绘美理她在哪里你是知道的吧?求你了,让我去见绘美理。"

"我没法让你们见面。"

"为什么?"

森笔直地望着风太的脸。

"绘美理她……绘美理她……去世了。她自己选择了死亡。"

仿佛有电流划过脊梁。雪枝轻轻地叹了口气。风太觉得自己浑身的力气也随着那口气一起漏出脚底,只剩下沉默。不知从哪里传来孩子们的笑声。

"森小姐,"雪枝静静地问她,"你认识一个叫本桥兰的人吧?"

"啊……"

森撞开风太,从风太和雪枝之间飞奔而过。

"森小姐!"

五右卫门和可可跟在森的两侧奔跑。

"风太,你不追吗?"

风太跌坐在草地上。雪枝看看他,又望向森的背影。

"雪枝,你刚才说森知道兰的事?"

风太的语气中已经没了情绪起伏。明明是自己的声音,听起来却像是其他人在说话。

"我说了。"

雪枝在他身边盘腿坐下,拿出香烟。

"你快回忆一下兰小姐的博客。"

"为了在我上天堂后……那个吗?我背出来了。"

"那篇博文每隔一个星期都会设置一次自动发布时间吧。"

"感谢上帝让我能一星期又一星期地活着,延迟发布时间——是这么写的。"

"从这句话很自然能想到这是因为博主生病快死了吧?她们都在同一时期住院了,森小姐就负责她们三个——根据森小姐刚才的反应我觉得应该没错。"

"啊……"

"而且她的年龄也不像是绘美理小姐的朋友吧?上次因为天黑没看清,但怎么看她都超过四十了哦。"

不知道森到底在隐瞒什么,但美咲、绘美理还有兰都是荣王大学医院的患者这点已经毋庸置疑。美咲和绘美理已经去世,恐怕兰也一样。

风太曾经喜欢过的三个恋人,在他脑中飘浮的三张脸渐渐合为一体。风太用双手捂住脸,明朗的公园风景顿时消失。

事情实在蹊跷,但风太必须正视。

"其实我稍微想过。"

风太想要抓头,却碰到了头上的包而疼得直哼哼。

"她们三个人是不是都死了。"

风太把头埋在竖起的双膝之间,任由泪水滑落,绿色的草坪渐渐模糊。

睁开眼,却见脸的下方摆着包纸巾,包装上印着小小的广告语"招募拳击学员"。

"Thank you！（谢了！）"

风太拿起纸巾狠狠地擤了擤鼻子。

"我说雪枝。"

雪枝点燃第二支烟后望向风太。

"为什么我喜欢上的人都生病了？"

风太凝视着自己的手心。

"是被感染了吗？会不会是我身上有什么病原菌，传染给了这三个和我接触过的人？"

"风太，不要说奇怪的话。"

雪枝打断了他的话。

"那为什么她们和我分手后就陆续死了？啊……"

风太脑中忽然冒出一个可怕的念头。

"是森小姐杀了她们三个吗？"

如果是这样，森刚才那超乎寻常的举动就说得通了。

"你的意思是护士犯罪？"

护士在点滴里混入其他物质杀了好几个患者——风太在娱乐综艺节目里看到过相关事件的报道。

"为什么森小姐必须要杀她们？"

"因为……她们是我的恋人。"

"你冷静点思考啊……不过就算我这么说你也做不到吧。森小姐身为护士，不可能知道到医院里来的美咲小姐和兰小姐是真木岛风太这个男人的恋人啊。"

风太没法反驳。

"而且她们三个也不可能是在和风太分手后相约去同一家医院的。"

"但实际上不就是这么一回事吗？她们都是荣王大学医院的患者，都由森小姐负责。"

"这样从逻辑上就说不通了，都说了顺序是反的，你记得我说过的话吗？"

雪枝吐出一口烟。

"是注定要消失的女性在和风太交往。我这么说过吧。她们在和风太相遇之前就已经是荣王大学医院的患者了。"

"又是这个？都让你别说这么荒唐的事了。"

为什么雪枝对这个诡异的想法如此执着。

"虽说是患者，但她们三个人都很精神。你也在狗展上见过美咲吧？那个时候美咲看起来很正常。"

"是啊。"

"根本看不出她生了病。逻辑上说不通的是你。"

雪枝沉默了。

"她们都很精神啊……怎么可能会死……"

风太的嘴里发出笑声，怎么都停不下来。

"这真的太搞笑了。雪枝，你不觉得可笑吗？"

雪枝用力拍了拍他的背。

"风太，你振作点！"

笑声停住了。

"不好意思。"

风太做了个深呼吸。

"风太和她们三个都是所谓柏拉图式的交往，没错吧？"

风太虽然很抵触被这么断言，但这是事实。

"是在有所进展之前分的手。"

"果然是这样吗？我就觉得是这样。"

"果然是什么意思？"

突然觉得一阵晃眼。不知何时耀眼的阳光洒向他们。风太揉着眼皮，感到自己的眼球发烫。

"因为我没有对她们下手，所以她们对我腻烦了，是这么回事吗？"

"白痴！"

雪枝熄掉烟后，把烟蒂放入随身烟灰缸。

"你还能开这种玩笑，那应该没事。风太，打电话给裕一郎君。"

"打给他做什么？"

"当然是——让他查病历啊！一切都会水落石出的。"

5

裕一郎叫他们到荣王大学医院隔壁的大楼来。二人在镶着玻璃的玄关处等待。

"风太，辛苦你每天都来。"

裕一郎的眼角虽然下垂，表情却没有在笑。休息日加班的裕一郎接电话时正在医院。风太简单传达了从森那里听来的情况。

"明明你还在工作……真抱歉。"

"没这回事。进来吧，雪枝小姐也请进。"

不愧是休息日，天井式的大堂里没什么人，接待处门可罗雀，连员工也没几个。

"听说你在领养会上和人干了一架？"

裕一郎一边带路一边看风太的脑袋。风太和雪枝对视一眼。

"你脑袋没事吧？撞到了吧？"

"我跟你提过这件事吗?"

"我看了你的博客。"

裕一郎拿出手机给他看。风太因为觉得要拒绝工作委托很麻烦,所以从昨天开始就没看过自己的博客。

"虽然都是参加了领养会的人的评论,不过他们对风太都大加赞扬哦。特别是你看这个,名叫LUCKY的人。"

风太的博客里,关于领养会一事的长文下面有许多回复。佐佐木的留言最后写着"给真木岛先生"。

"真木岛先生想要守护狗狗的心情让宠物商店的人都退缩了,能够光明正大地阐述自己想法的真木岛先生很了不起。"

"这个叫LUCKY的人啊,写留言的时候对风太的评价上升了吧。"

风太叹了口气,神村就是看了这个。

"是啊,我现在的评价或许是我人生的最高峰。"

"来,这边请。"

裕一郎把他们带到大堂深处的接待室。

"难得你们来,我也很想带你们看看我的办公室,但二楼以上只有员工可以进入。"

"这是安全措施吧。不要在意。"

"还好裕一郎君今天加班。"

在沙发上坐下的雪枝打量房间。

"雪枝小姐,要喝咖啡吗?虽然只有自动售货机里的。"

"比起喝咖啡,我更想看美咲小姐的病例。"

裕一郎有些狼狈地退了一步。

"虽然美咲小姐是我们医院的患者,但是给外部的人看病历可是大忌。对医院来说最重要的就是个人信息了。"

"裕一郎君就不想知道吗?只要知道美咲小姐的病情,谜团就能解开了哦。"

裕一郎摇了摇头。

"就算是你们俩求我也不行。这和偷看员工名单不是一个等级的事。即使美咲小姐在这家医院去世了,如果要求公开病历,也必须要证明你是她的家属才行,还需要诊疗信息公开申请书以及户籍副本,或是……"

"裕一郎君,"雪枝尖锐地说,"我们没打算走正式的流程。"

裕一郎的目光满是狐疑。

"在你们医院连续死了三名患者,三个人都很健康。她们都和风太交往过。"

"这不是还没确定吗?虽说美咲小姐好像是我们的患者……"

"我说,裕一郎君,"雪枝缓缓地把话说出了口,"这三个人的死和这家医院里的人相关,我认为多半是犯罪。"

风太不由望向雪枝的侧脸。她脑袋里到底在想什么?

"雪枝小姐,这可是臆测。请不要根据臆测来说这种和医院名誉相关的事。"

"是不是臆测,只要看病例就知道了。"

"你竟然就凭着一个护士的一面之词就要中伤堂堂荣王大学医院……"

"正因为你们是一流的大学医院,光是靠我们现在掌握的这些信息,媒体就一定会盯上你们。"

"你这是在威胁我吗?"

风太想起美咲的母亲也对自己说过"你是媒体的人吗"。她们果然是被卷入什么事件了。雪枝探出身。

"裕一郎君,就算是知道你们这儿有过违规的事,风太和我也都没想过要敲诈医院或者闹事,我们只是想知道事实。"

她望向坐在身边的风太。

"风太,是这样的吧?"

"我不知道这家医院里有没有发生违规或者犯法的事。"风太径直地看着裕一郎,"但我想知道美咲、兰还有绘美理的死因,就只想知道这些。不要连你都瞒我!"

裕一郎交叉着双臂别开眼。

"我没有进入病历数据库的权限。"

"裕一郎君是SE吧。既然是负责安全措施的,你总有办法吧?"

一贯悠然自得的裕一郎开始呻吟。

"我也不知道行不行。"

"那你去试试吧?"

裕一郎眼角抽搐。

"就算可以我也不能把病历给你,只能看。"

风太对着裕一郎点头。

"而且你必须保证不把你看到的东西说出去——"

"好的。"

"谢谢你,裕一郎君。"

接待室里啪嗒啪嗒地响着裕一郎敲打笔记本电脑键盘的声音。

"你们两个都看着前面的墙。"

风太抬起头,看见墙上显示出了投影,上面画着颜色各异的玫瑰。这似乎是玫瑰园的画。

左下角是"荣王大学医院医嘱录入系统"。

"这是？"

"我把这台电脑的显示屏用投影仪投到墙上了。"

裕一郎用食指指向天花板。只见安装在天花板上的一个小盒子的镜头正在发光，是在商务会谈时用的吧。

"这是员工平时使用的医院系统。虽然这是用来完成医生在诊疗后下达医嘱到结账过程的系统，但它也关联着门诊以及住院患者的受理信息。"

画面发生了变化。漆黑的画面上，绿色的英文字母与符号正在被输入，风太第一次见到这种阵势。

"这是程序界面，接下来我会尝试访问病历库。我是没办法直接进入电子病历系统的。风太，美咲小姐姓什么？"

"远山。远山美咲。"

风太盯着不断换行的绿色文字。

"病历可以事后修改吗？"

即使冒险访问了病历库，但如果病历已经被修改，那也没有意义。

"这在系统上是行不通的。因为病历库的前提就是无法篡改，删除也是不可能的。如果有过修改，就一定会留下修改记录。"

投影画面变成了玫瑰园。

"啊，退出了。裕一郎君，回到登录界面了。"

"奇怪，我被系统拒绝访问了。"

裕一郎的手指动得飞快，可以看出他在要求输入密码的画面重复了好几次。然后他停下了动作，画面依旧一片黑。

"总是在病历数据库前被弹出去。"

"连裕一郎也进不去吗？"

裕一郎凝视着程序界面，嘴唇微微抽动："是这家伙吗？"他冒出这么一句。

"有人把病历库加密到了最高级别，就是最近。到底是谁干的……待我查一查。"

风太望向雪枝。

"就在最近……"

"可能是因为我们开始调查的缘故。"

"没道理啊，竟然是资深经理。"

裕一郎用手指敲着眉间。

"资深经理？"

"我老板。系统统括部部长。"

"那么高层的人？"

"真行啊，竟然绕开我这个实际指挥。看来只可能是更上面的人参与了。"

风太第一次看到裕一郎生气的样子。

"所有的病历都被加密了吗？"

"没，应该只是极少一部分。全部加密的话会对系统造成负担。"

裕一郎把头从屏幕前抬起。

"显然，他们是想隐藏特定的病历。"

"也就是说美咲小姐的病历无法访问是吧？"

"请等一下。"

裕一郎脱下外套扔在沙发上，再次调出登录界面。

"在这个医嘱录入系统里隐藏了录入病历的主治医生的信息。因为必须要把患者的预约和主治医生的日程关联起来。"

"这样啊，也就是说可以知道美咲小姐的主治医生是谁了吧。"

"虽然这也不能随便访问。"

裕一郎一边说一边有节奏地敲击键盘，屏幕画面不断地变化。

"只要知道主治医生是谁，就能去问他话了。"

"这样好吗，裕一郎？"

"我做的系统被人擅自改动，我无法坐视不理。都做到这份上了，这事一定非比寻常。我要查清楚到底是谁在参与。"

雪枝吹了声口哨。

"裕一郎君好帅啊！"

屏幕的上方显示出"患者名远山美咲"，接着出现了两行八位数字。

"这是负责美咲小姐的员工ID。我这就比对。"

裕一郎在旁边打开另一个窗口，抬头是"ID管理界面"，把第一行数字复制到了ID输入栏里。数字一旁的方形框里显示着"查找中"。

风太屏住了呼吸，一动不动地盯着转个不停的沙漏符号。

　　森绿　生殖医疗中心　主任护士

裕一郎吹了声口哨。

"我想接下来应该就是主治医生了。"

第二行数字也进入了"检索中"。风太吞了吞口水。

　　桥本弘人　生殖医疗中心主任

"啥？！"

裕一郎站起身。

"裕一郎，这人是谁？"

"这是神仙级别的人物啊。我从没听说过中心主任直接负责患者的，因为中心主任的职责是研究活动以及医院经营方面的事务。如果说是下属的医生寻求指导意见的话我还能理解……"

裕一郎在接待室里踱来踱去。

"这是非常……非常特殊的病历吗，或者是进行了特别治疗？"

"而且，这还是必须隐瞒的事吧？"

美咲到底被怎么了？

"生殖医疗中心是治疗不孕的吧……有那么特别的病例吗？"

裕一郎继续操作电脑，画面跳到了荣王大学医院的主页。

"就像我上次说的那样，这个领域正在以突飞猛进的速度进化。而且横向超越了诊疗科。我不是医生，专业方面的事我不懂。"

画面又跳到了生殖医疗中心的页面。

"那啥，本中心……"

雪枝念了起来。

"提供普通的不孕治疗以及高度的生殖辅助医疗。人工授精、体外受精、胚胎移植、显微授精、卵细胞质内单精子注射法、高倍显微镜下的优质精子选择……不行了，要咬到舌头了。"

"优质精子吗……裕一郎和我的精子也是被用在这里的吧。"

"已经至少是十年前的事了。"

裕一郎笑了。

"而且也不知道是不是优质哦。说不定因为是劣质品,在培养皿里就中止实验了。"

裕一郎把页面往下拉,又出现了《有关专门门诊》的说明文。

"哇,全是汉字。看看有啥,卵巢机能不全门诊、不孕不育门诊、生殖医疗咨询门诊、基因咨询门诊、更年期门诊……有这么多啊。"

"不过就算看这个也没法判断,虽然应该就是其中某个门诊。"

裕一郎又点开其他页面,是一些设备照片的介绍,有大型显微镜、受精卵培养箱、用于冷冻保存的液态氮气罐,等等。

"啊,等一下,给我看看这个员工介绍的页面。"

页面的最上方是一名男性的近照——桥本弘人,生殖医疗中心主任。

"这个人就是中心主任吗?"

裕一郎点击后转到了"中心主任的问候"的页面。

"我觉得他和风太有点像,还以为你们是亲戚呢。"

"哪里像?我怎么会像这种大叔!"

裕一郎笑了。

"那荣王大学医院的上帝之手也太没面子了。这可是我们医院的巨星哦。他刚崭露头角时就被视为前途无量的年轻医师,在整个学术界都备受瞩目。现在已经四十八岁了。"

页面上罗列了桥本弘人自荣王大学毕业后的赫赫功绩以及各种资格证书,接着又介绍了中心的沿革与目标。

虽然风太因为专业用语过多而看得稀里糊涂,但也能明白这个人致力于发展先进的治疗技术。

"啊!"

画面停住了。

"怎么回事,退出了。"

裕一郎扑到电脑前敲着键盘,风太和雪枝面面相觑。

"不行,我的ID被拒绝访问了。"

"这是有人……"雪枝小声嘀咕着。

"我也这么觉得。说不定是事先编好的程序。"

裕一郎从屏幕上抬起头,摇了摇脑袋。

"电脑不能用就没办法了啊,风太。"

雪枝微微站起的身体扑通一声跌落在皮沙发上。

"到此为止了吗……明明只差一点儿。我还是想看看病历。"

"但是我们已经知道,中心主任这样的高层人士参与了某些见不得光的事。虽然这么说对裕一郎不太好,但这家医院真的有问题。"

雪枝盘起双腿。

"风太,你还有那三个人的其他情报吗,比如有慢性病啦,小时候得过大病之类的?"

风太歪头思考。

"我已经说了,我对交往之前的事一无所知。"

"对哦,而且她们说的都是假的。"

"是啊。"风太捶着自己的膝盖,"不过我找到了兰小时候的照片。"

"哦?给我看看。"

风太把手机放在桌上。

"是在兰的博客里找到的,和她现在一模一样。"

手机里很快就显示出兰的博客,和昨天看到的完全一样。雪枝探出身子。

"咦，是个小不点呢。"

"嗯，大概两岁吧。但是可以明显地看到兰长大后的模样。"

穿着水蓝色羽绒服的兰正在微笑。

"这是圣诞活动吧，小女孩真可爱。"

"是吧？"风太对裕一郎得意地说。

"这是什么啊！"

雪枝忽然大叫出声。

"哎？你说什么？"

雪枝静静地凝视着照片。

"这个不是兰小姐哦。"

风太笑了。

"你在说什么呀？雪枝你根本就没见过兰吧？"

"你仔细看，这个是六本木新城啊。"

"什么呀，这种事就算是我也是知道的。这又如何呢？"

"笨蛋，兰小姐这么小的时候怎么可能会有六本木新城？"

"欸？"

风太不明白她在说什么。

"原来是这样啊，风太。六本木新城建于十五年前，就算这照片是建成那年拍的，这孩子现在也就十七岁左右。"

裕一郎晃着风太的肩，风太就像被雷劈中一般无法动弹。

"那……这、这是谁？"

雪枝"啊"地叫出声。她闭上眼，食指敲着下巴。

"雪枝小姐，你怎么了？感觉不舒服吗？"

雪枝总算睁开了眼，她的眼眶红红的。

"明白了，我全都明白了。"

6

"雪枝,你说你明白什么了?关于这张照片吗?"

雪枝坐在沙发上,目视着远方兀自点头。

"啊,嗯。但是等一下,我要确认下这样是不是说得通。"

"你又来了,别闹了,快说吧。"

风太抓住雪枝的肩。

"风太,STAY[①]!"

风太下意识地松开手。

"你当我是狗啊!拜托了,给点提示也好。"

风太的手机响了。

"谁啊,现在我可没工夫接电话……"

风太看了看屏幕。

"是森小姐。"

"风太,开免提。"

"欸?这要怎么弄来着?"

雪枝一把抢过手机,点了好几下之后把手机放在了桌上,又对风太使眼色。

"啊,我是真木岛。"

"我是森,刚才很抱歉。"

眼前浮现出她从公园里仿佛正在逃跑一般的背影。

"这都怪我们突然打扰。但是森小姐,我们无论如何都想知道真相。"

"我想把你们两个想知道的事告诉你们。"

[①]驯狗指令,意为"别动"。

雪枝沉默着握紧了拳头。

"能请你们明天早上九点来医院吗？我在正门等你们。"

"九点是吗？我知道了，我一定去。"

今天是周六，医院明天应该也休息。

"负责系统管理的广田君也和你们在一起吧？"

裕一郎的眼睛瞪圆了，身体避开手机的方向。

"请告诉他，如果要做什么，请在听了事情经过之后再做。"

"好，我知道了。"

通话中断。

"裕一郎君，你认识森小姐的吧。"

裕一郎摆了摆手。

"不，我不认识，刚才我都吓了一跳。"

雪枝狐疑地看着裕一郎。风太站起身打量接待室。

"她会不会在哪里看着我们。"

风太觉得可能有监控。

"大概是这个。"裕一郎合上电脑，"有人监控到我进入了系统，所以把我的 ID 禁了。"

"有人是指森小姐吗？"

"不是她。有权限这么做的只有我的上司，刚才提到的系统统括部部长。"

"果然是医院上下都参与了。"

"他应该是听了上面的命令，做系统的人不存在隐藏特定患者病历的动机。"

"是的，一定是这样。"裕一郎以手扶额。

"如果有人访问美咲小姐的病历就会发出警告，部长收到警告后就联络了他。"

"联络了谁?"

"我想应该是中心主任吧。"

"你和我们在一起的事被发现了,不会很糟糕吗?"

"裕一郎君,抱歉把你卷进来了。"

裕一郎的眼角微微下垂。

"我已经不能装作不知情了。"

裕一郎拿起电脑站起身。

"总之我们先离开这里吧,这里可能有摄像头。"

三人快步走出玻璃大门。医院院区里几乎没人。

"我还有点事。"

雪枝举起手。

"等一下!你不是说你都明白了吗?快告诉我啊。我脑袋都要爆炸了。"

"明天和森小姐对阵后就能知道了吧。让当事者来说是最好的,再见。"

"啊,喂!"

雪枝风一般地朝着信浓町站走去,短发下的脖子看起来凉飕飕的。风太求助似的转身望向裕一郎。

"裕一郎你明白了没?我脑袋转不过来。"

"我也是一头雾水。"

"我说,那张照片里的女孩子是谁啊?"

"欸,那就是兰小姐亲戚家的孩子吧?长得很像吧?我想大概就是带着侄女参加圣诞活动时拍的照片。"

"侄女,原来如此,说得也是啊!"

"风太,你脑袋真是转不过来啊。"

"不过，如果是侄女的话就那么写几句不就好了，单单上传一张照片不觉得很奇怪吗？"

"不知道，你别问我……"

"雪枝的反应也很奇怪吧？她到底明白了什么啊？"

"都叫你别问我了……这次的事情我也是云里雾里。此外，我们医院的高层人士竟然参与其中，这更让我震惊。"

风太祈祷裕一郎的立场不会变得更糟糕。自己或许正在窥视一个不可打开的箱子……

"不过，对雪枝小姐的怀疑算是洗清了。"

"是啊，你这家伙之前也说得太离谱了。"

裕一郎曾推测雪枝是不是因为嫉妒而杀了她们三个。

"雪枝大概也是这么想你的。"

"欸？什么意思？"

"已经没事了。现在可以肯定的是，这家医院里发生了一些事。"

"我要怎么做才好？要和院内的伦理委员商量吗……"

"明天听了森小姐的话以后再行动吧，现在什么证据都没有。"

风太也是在说服自己。

"唔……也对，就这么办吧。"

裕一郎看了看手机。

"都这个点了，风太，你不饿吗？"

"吃不下，而且我头疼了，我要回去。"

虽然为时已晚，但风太觉得还是和裕一郎保持距离为好。

"何况你还在工作吧。"

"不能用电脑就没法工作。我还是先回去一趟吧，文件都没收好。"

"那就明天九点，这里见。"

裕一郎说了句"了解"就进入了大楼。风太孤身一人，莫名地想要抽烟。他伸长手臂做了个拉伸动作，脑袋一阵刺痛。

头真的开始疼了，不知道是用脑过度还是因为受伤。回去后贴一张冰宝贴吧。风太手摸着脑袋往车站走去。

风太坐在总武线的座位上拿出手机。因为一思考医院里发生的事头就会疼，所以他决定看一看博客。或许读了佐佐木的赞美之词后，自己的心情能好些。

"好厉害。"

风太的博客有十六条评论。虽说在和兰以及美咲互动的时候，每天也会有好几条评论，但这种情况是第一次。评论按照时间先后排列，全都是关于领养会骚动的，似乎都是当天在场的志愿者工作人员以及客人写的。

风太没有考虑太多，博客的评论一直设置成全开放的。只要是访问博客的人就可以看到所有的评论。

"谢谢你代我们说出志愿者的意见。"

"我也产生了必须要严肃思考我们活动的想法，今后还想再听听您的意见。"

"虽然真木岛先生的头受到了冲击，但我也因为真木岛先生的话受到了冲击。"

风太念着充满善意的留言，被表扬真的很开心。时隔许久终于又被治愈的风太下划着屏幕画面微微站起身。刚才看到的佐佐木的留言后面忽然开始了论战。

宠物商店是对还是错？好几个人就这个议题展开了辩论。他们就风太在当时冲山口和竹内所说的话展开了过于激烈的交锋。

虽然都是昵称，但立刻就能知道他们是佐佐木、山口以及"汪汪救助队"的榊山。

还有拥护宠物商店、对榊山展开无情中伤的人，写的全都是自以为是的内容以及尖酸刻薄的语言。风太觉得那一定是"众乐"的神村。神村一直都在关注风太的博客吧。

"真是输给他们了。"

风太忍不住嘟囔。留言停留在对榊山单方面的责难中。不，看这架势显然还会继续。风太的眼前仿佛浮现出神村一只手拿着咖啡杯，另一只手的食指点击着留言的模样。他舔着嘴唇的舌头一定跟蛇一样分成了两道岔。

对老好人榊山来说，神村这次的对手太恶劣了。风太思考着应该怎么回复，但在那之前他先隐藏了评论栏并且设置了禁止评论。榊山会有多难受啊……风太想着要不先给她写邮件或者打电话道歉。

"下一站两国……将在两国停车。"

地铁开过了浅草桥。既然这样，还是在新小岩站转巴士更快。正好，"汪汪救助队"的总部，也就是榊山的家就在新小岩。

榊山家距离车站大约需要步行十分钟，风太去过很多次。在写着"榊山"的门牌下，挂着"汪汪救助队总部"的牌子。

因为狗叫会扰邻，所以榊山家没有门铃。虽然只是很常见的带庭院的独栋小楼，里面却收留了二十多只狗。

"你好，打扰了。"

风太穿过洞开的大门走到玄关。虽然没法夸他们小心警惕，但这里不但有狗,而且总是会有好几个志愿者轮流来帮忙,所以也不用在意。

"哎呀,风太君,你怎么来了?"

榊山正在院子里晾洗好的衣物,脚下是两只穿着印有"汪汪救助队"字样背心的西施犬。

"下午好,前天让你担心了。"

"没事啦,你头不疼了吧?"

"不疼了。我想说……博客那边好像很不得了……"

"啊,我看过了。真不好意思,在风太的博客上大闹了一通……"

"哪儿的话。啊,我来帮忙。"

一旁的篮子里放着许多给狗用的毛巾。风太抓起几块,用夹子固定在晾衣架上。

"哎哟,帮大忙了。你要先啪地甩开再晾哦。怎么,风太君,你就是为这件事特地跑来的吗?"

"嗯,差不多。在博客上和你对战的家伙,应该是我加盟的连锁品牌总部的负责人。"

西施犬把前爪搭在风太的腿上,伸出舌头仰望风太,风太轻轻地拍了拍它的脑袋。

"是'众乐'吧。看了博客的同伴打电话告诉我了,好像看内容立刻就知道是他了。据说那里的事务局长是个问题人物。"

"是这样的,真不好意思。"

"为什么是风太道歉啊。而且最重要的是,你都被炒了吧。"

被这么直接说破,风太觉得有些难堪。

"虽然是这样……总之你不要和他扯上关系比较好。"

榊山笑着搬来下一篮。这次里面全是衣服——当然也都是给狗用的。

"风太你就别担心啦。"

"不知道他会做出什么出格的事来……看那博客上的话就能感觉到吧。"

"算是吧。对了,佐佐木小姐也很生气。我们是在电话里说的,要怎么形容呢……就像是沸腾的岩浆一样。"

佐佐木的留言导致风太失去了工作,还引发了一场出乎意料的混战。

"她看起来挺文弱的,但该生气的时候还是会生气的呢。"

"就希望她不要做什么多余的事……"

榊山看起来很愉快。

"不过因为这次的事,我觉得我们必须把活动做得更好。"

风太"啊"了一声,开始晾毛衣。

"领养会上其他的团体负责人也跟我联系了,说正如那个被撞飞的小哥说得那样,我们应该在法律以及行政上更强势。"

风太想那大概是来和他握手的人。

"所以我觉得,哪怕是为此,都有必要让官方认可我们。"

获得官方认可这事,要怎么做才好?两人并排站着,默默地晾着卫衣还有运动衣。阳光温柔呵护着洗好的衣物。

"话说回来,雪枝没有受伤,也没有被人告,真是太好了。"

"那家伙的行动也是无法预测的。"

"那孩子可是会乱来的。"

"是个'危险分子'。"

"嗯,所以没法不管她。"

榊山爽朗的笑声回荡在院子里,西施犬也开心地吠着。

风太在新小岩站前乘上巴士晃了大约二十分钟后，在堀切菖蒲园站下了车。车站虽小，但商店街却生气勃勃。已经是黄昏时分，风太觉得自己在和榊山聊过后精神了些。仿佛和自己的影子赛跑似的，风太快步走向公寓。

信箱露出茶色信封的一角。风太抽出信封，只见上面印着"众乐股份有限公司"。风太顿时感到身体沉重，就好像从月球回到地球的宇航员一样。

"这就寄来了吗……"

虽说不用看都知道里面是什么，但风太还是当场就撕开了信封。《解除合约协议书》的标题下面就是正文，要求风太就解除品牌加盟合约的相关事宜盖章确认并寄回——却没有附上回寄用的信封。

"开什么玩笑！"

协议下还有另外一张纸，上面是金额以及汇款账号。这是加盟费的付款通知。风太走进房间，躺在没有收拾的被子上。信箱里一桩工作委托都没有。

真的得为接下去的工作担心了。风太噼里啪啦地翻着回家路上拿来的招聘信息，但连一个字都看不进去。他把它们一把抛开，仰视着天花板。

雪枝到底明白了啥。

她们三个人到底发生了什么？为什么她们在和风太分手后会接连死亡？三个人都是裕一郎医院里的患者吗？如果是的话，那又会是什么病？

风太骨碌翻了个身。强烈的睡意袭来，就这么睡吧，风太心想，到明天，一定会出现让一切都变得合理的答案。他合上眼，身体异常沉重。

兰、美咲、绘美理，风太试图思考她们的事，但却连她们的脸都想不起来。她们的脸只有轮廓。疲劳与睡魔剥夺了风太的思考能力。

"当我醒来时，我会不会忘记恋人们的事？"这么一想，风太觉得自己的胸口仿佛被撕裂，身体如同发高烧似的剧烈颤抖。

第五章

1

"风太,风太!"

有人大声地叫他。

"你们两个,都九点了哦,快走啦。"

雪枝在星巴克的入口处挥手大喊。店里的其他客人都盯着她看。早晨的阳光洒落在雪枝的背上,看起来十分耀眼。

"不管什么时候雪枝小姐都很有气势呢。"

裕一郎笑着站起身。

"那家伙真是的,自己让人等,也太自由了。"

或许是因为紧张,风太从早上就感觉胃阵阵抽痛。离九点还差五分钟,大家根据裕一郎的提议决定在星巴克集合。此时正是焦虑着要出发的时刻。

走进荣王大学医院的院区,一名身穿护士服的女性正站在那里。

"真木岛先生。"

风太直到被叫住才发现那是森。

"森小姐,早上好。"

"请走这边。"

说完,森默默地带头走在宽阔的院区。她的背影仿佛在拒绝追问。她要带他们去哪里呢?裕一郎也是歪着脑袋,仿佛正在闻花香。转过一个弯,景色一下子变了。四个人站在了被病房楼围绕的空间。

"是玫瑰。"

这里是中庭吧。体育馆大小的空地上盛开着玫瑰。森就这样沿着由玫瑰围出的小路往前走。不知从哪里传来鸟叫声。

"风太,还有池塘哦。"

玫瑰仿佛是以小池塘为圆心种植的。风太看见白色的背影倚水而立,那人正在眺望鲜艳的玫瑰。

"我把真木岛先生带来了。"

森使了个眼色,示意风太往前走。白色背影转过身,是一个与风太差不多高的男子,他抽出塞在白大褂口袋里的手。裕一郎"哎"地叫出声。

"真木岛君,我是桥本。"

"中心主任……"

裕一郎被惊到了。桥本中心主任,没想到突然就见到了他。风太本以为会是身强力壮的保安或者是律师之类的人在等他。

"我还是第一次和真木岛君这么见面呢。"

不过这么见面也是第一次。

桥本眯起眼,仔细地凝视着风太的脸。风太感觉自己的五官正在被逐一审视,不由得有点呼吸困难。他用力收了收腹,正面对上他的目光。不能一见面就输!桥本的表情却忽地柔和了,原本绷紧在玫瑰园的弦仿佛也骤然松开。

"哎呀,忍不住就盯着你看了,失敬。"

桥本走近风太，抓起他的手握住。他握得很用力。

"你好像瘦了点啊，有好好吃饭吗？"

桥本拍了拍风太的背，身上的气场仿佛瞬间从一个孤高的哲学家变成了好脾气的亲戚。风太缩回手，他不想和这个男人握手。

这个男人知道一切。

兰、美咲、绘美理。风太在脑中轻轻呼唤她们的名字，希望她们可以助自己一臂之力。风太的手指不住颤抖，桥本对着他们点了好几次头。

"这位就是南原雪枝小姐吧。"

雪枝绷着脸。

"你们二位的事我是从森护士这里听来的。还有广田君。"

风太和雪枝看向裕一郎的脸。

"裕一郎，你小子……"

裕一郎惊慌失措。

"什、什么啊！我啥都不知道，中心主任，您在说什么？"

桥本淡淡一笑。

"广田君是对着医院系统汇报的。"

"中心主任，您这话是什么意思？"

桥本没有理裕一郎，他看着风太。

"真木岛君，你还记得吗，你曾经给荣王大学医院提供过精子吧？"

"是的，不过那已经是很久以前的事了。"

"定期向中心汇报精子捐献者的消息是介绍人的工作哦。"

"什么呀，原来是这么回事吗？"

裕一郎如释重负。

"只不过我是站在看报告的立场上，必须把握捐献者的健康状态。这是极其重要的信息。如果你患有遗传疾病，那么利用你的精子诞生的孩子也有可能会得病。"

原来是这么回事。

"你离开公司以后就从事狗保姆的工作了吧。我还知道你和这位南原小姐一起参加狗狗的救助活动哦。"

风太瞪向裕一郎。

"那啥，我连这种事都报告了吗……"

"真木岛君似乎吃了很多苦呢。"

他是在美咲就医期间听说的吗？通常会有人和医生说前男友的事吗？

"玫瑰竟然会长这么高呢，风太。"

美咲的声音冲击着风太的鼓膜。周围的玫瑰唤醒了他的记忆。两个人一起去过千叶的玫瑰园。这里的玫瑰虽然没有那座玫瑰花园那么大，但也很可爱。

"美咲很喜欢玫瑰。"

风太只说了这么一句，盯着桥本，看他会怎么回答。

"我也经常在这里眺望玫瑰。我想过，如果要和真木岛君见面，那地点就选在这里。"

桥本伸手触摸白玫瑰的花瓣。雪枝朝前走了一步。

"远山美咲小姐是这家医院的患者吗？"

"是的，是森护士告诉你们的吧。"

他似乎并不打算斥责说漏嘴的护士。森看起来也坦然自若，镇定得好像昨天的种种狼狈都不曾发生过。

"而你就是主治医生。"

桥本看向裕一郎。

"啊，不是，那个……"

裕一郎支支吾吾。

"桥本先生，这些都是我们查到的事，和广田先生没有关系。"

雪枝单手叉腰和桥本面对面站着。风太决定暂时把场面交给雪枝。我希望你能告诉我美咲的事——风太可以对桥本说的只有这一句，他什么都没弄明白，而雪枝昨天却说她全都明白了。

她到底明白了什么，直到这一刻，风太都毫无头绪。

"本桥兰小姐和林绘美理小姐，这两个人的事你也都知道吧？"

风太倒吸了口气，雪枝竟然直接这么问。她虽然昂首挺胸，但兰和绘美理的事是她在故弄玄虚，一旦桥本否认就完了。风太咬着嘴唇等待桥本的回应。但桥本既不回答也不否认，只是满眼怜爱地抚摸着花瓣。

"你不回答吗？也是哦，你回答不了吧。毕竟这件事情说出来对你、对这家医院都不好。"

天突然阴了。流动的云遮住了太阳。

"或许你不知道，这三人都在短时间内和风太交往过。"

桥本凝视雪枝，紧紧地抿着唇。

"她们三个人轮流出现在风太面前，扮演了风太的恋人。"

"扮演？"

风太看向雪枝的侧脸。

"雪枝，你在说什么？"

"因为她们三个人并没有打算成为风太的恋人。"

风太站到雪枝面前。

"这种时候你还在开什么玩笑，我确确实实和她们三个人交往过！"

风太没法不大声。雪枝或许有她的考量，但他没法忍住。

"交往过？三年里轮流上阵？你和兰小姐分手后立刻就和美咲小姐交往，接着在美咲小姐之后又是绘美理小姐。"

"那又怎么样？"

"这三个人都不是风太主动追到的，而是她们自己来接近你的，是吧？"

"这个嘛……"

"兰小姐是风太博客的读者，她很热心地留言。你遇上美咲小姐是在狗展上，但她来不是为了收养可可，而是为了见在狗展上帮忙的风太。和绘美理小姐是在森小姐家里遇到的吧，风太因为工作被叫上门。"

雪枝说得就好像亲眼看到似的，风太不禁感到生气。

"这些都只是碰巧。"

自己来这里可不是为了和雪枝说这些事。

"你不要说这种废话了。你也知道我不擅长应付女性，只要我不主动寻求相遇，那从结果来说就会变成这样。"

"哦？在那么短的时间里遇到三个人？才和前任分手，下一名女性就像等候多时似的出现，这不是很不可思议吗？我说风太，你还在觉得自己是走了桃花运？"

"就算你这么问我……"

"所以说她们就是等着的——按照定好的顺序。兰小姐、美咲小姐、绘美理小姐……她们就是照这个顺序来见风太的。"

"她们为什么要这样啊！这不变成游戏了吗？"

"游戏……吗？"

一直默默听他们说话的桥本自言自语似的说了一句,然后再度陷入沉默。雪枝的视线从桥本重新回到风太身上。

"是的,就是游戏,不过是假想恋爱游戏。"

"你当这是网游吗?又不是小孩子的恶作剧。"

桥本欲言又止。

"那为什么这三个人都没和你发展到男女关系?"

风太顿时语塞。

"正常成年男女的真实交往却连一次都不曾发生,这在当下是无法想象的。"

就算风太有那个心思,对方总是逃避或者搪塞。但雪枝的话太不讲理,实属牵强附会。

"你是想说,这都是游戏,她们只是在扮演我的恋人吗?"

"是的,但不仅仅是这样。"

雪枝注视着风太的眼睛。

"因为她们三个都怀孕了。"

2

"你、你说什么?"

"雪枝小姐,这是怎么回事?"裕一郎的声音都变了。

"而这三个人怀的都是风太的孩子。"

这已经是胡言乱语了。风太不禁开始为雪枝担心。

"喂,雪枝,你怎么了?"

"你好好听我说。她们三个人都在这个生殖医疗中心接受不孕治疗,然后通过风太提供的精子怀孕了。"

这冲击就好像脑袋被打晕了一般。

"但是……距离我提供精子已经过了十五年了。"

"液态氮气冷冻保存的温度是零下一百九十六度,被保存的精子以及卵子就算过十年、一百年都是有活力的。"

裕一郎点头。

"她们三个人之所以会和风太交往,是因为想了解自己将要生产的孩子真正的父亲是什么样的人。她们想了解风太。"

"怎么可能有这种好像编出来的事!"

"我是真的这么认为。遗传给她们的宝贝孩子一半基因的男性就是风太。"

"但就现实来说不可能发生这种事。"

"一般情况下医院是不会告诉病人捐献者信息的,但不知怎么她们知道了你就是捐献者。你不认为她们是想要知道你的事吗?"

"这个嘛……"

"如果我处于相同立场的话,我就会想要知道。他长什么样?性格温柔吗?是个男子汉吗?他头脑聪明吗?学的文科还是理科?有很多朋友吗?他擅长什么?体育如何?他头发多吗?有慢性病吗?他喜欢吃什么?有过敏症状吗?不会有奇怪的癖好吧?"

雪枝缓了口气。

"只在远处观察的话很多事情没法知道,所以为了好好了解风太,她们就扮演起了风太的恋人。"

风太在雪枝如咒语一般的连珠炮发问下几乎陷入混乱。

"怎么样,你觉得有这种可能性吗?"

"哈哈。"

风太笑了。

"那么，你的意思是说我被骗了吗？只有我单方面地喜欢上她们，一个人在那里意乱情迷吗？她们三个一定在笑我吧。"

"说不定她们也很享受和风太交往的过程，像是相遇的设定，以及在交往中不暴露真实目的的刺激感。"

风太感到双膝无力。

"你说过交往时间最长也没超过半年吧？那是为什么？"

"什么为什么……不是说了因为吵架或者被甩了嘛。"

"并不是。因为她们怀孕了，所以才会在腹部变得突出以前分手。至于上床什么的更是没可能了。她们三个应该都很圆滑地躲开了吧？"

风太回忆起自己说想去兰家时她困扰的表情，想起邀请美咲去自己房间时她说累了而拒绝。风太当时虽然失望，但却安慰自己只要认真地交往下去，那也是迟早的事。

而这却是因为……她们三个人都是孕妇？她们通过自己的精子怀孕了？这种事要怎么相信！头上的伤又在隐隐作痛，冷静！风太大口吸气。

"雪枝的话虽然很有意思，但为什么会是我的精子？"

雪枝看向桥本。

"风太和你长得很像呢。"

桥本用手摸下巴。

"是啊，像这么面对面一看就知道了。"

"雪枝，你是说这和整件事有关吗？为什么我和这里的中心主任长得像她们就要用我的精子？"

"风太你别说话。"

雪枝严厉地制止了风太。

"恕我冒昧……桥本先生是不是在精子方面有问题？"

桥本睁大了眼。

"你从哪里听来的？"

"是我的想象。"

桥本张开嘴，但什么都没说。

"这家医院收集了由员工以及兼职的男性提供的大量精子，一定有上千份了吧？"

"是的。我们一直持续这方面的工作，自然会有这么多储备。"

"你也从中寻找能孕育自己小孩的精子捐献者。至少在十年以前，你冷冻保存了风太的精子，因为风太和你长得很像。"

"南原小姐，你只凭我和真木岛君长得像这一点就想出了这样的故事吗？"

雪枝摇头。

"我才说了一半。你和你太太在四年前想要小孩，于是动用风太精子的日子终于来了。兰小姐就是你太太吧？她不是本桥兰，而是桥本兰。"

风太的呼吸停止了。

"兰……她确实是桥本兰。"

风太咚地跪坐在草地上。

"这次是因为两个名字很像吗？"

"名字只是其中一个提示。此外还有风太提供过精子，和风太长得很像的中心主任，中心主任企图隐瞒病历，他姓桥本，再加上桥本和本桥的相近程度。"

雪枝顿了顿，谁也没有插嘴。

"但也不只是这样，还有一样决定性的证据。"

雪枝看向风太。

"风太，给他看兰小姐的博客。"

"哦，好……"

风太抽出手机。他几乎拿不稳手机，但还是点下博客的图标打开了兰最后的那篇文章。雪枝瞥了一眼，说了句"不是这个，是昨天那个小女孩的照片"。

"为什么呀？"风太一边说一边给她看照片。雪枝一把抢过手机递给桥本。

"桥本先生，这个小女孩是兰小姐的孩子吗？"

"你、你在说什么，雪枝？"

雪枝的目光牢牢盯着把脸凑近手机的桥本。

"这是……"

拿着手机的桥本睁大了眼睛。

"兰小姐和风太交往是在四年前，那个时候兰小姐怀着的就是这个孩子吧。"

桥本目不转睛地看着手机屏幕。

"桥本先生，这个孩子现在在哪里？"

桥本手按额头，大声呻吟。

"医生！"

森正要冲过去，桥本却伸手制止了她："我没事。"

雪枝看了看桥本的情况，又继续往下说："第一个和风太交往的是兰小姐。我推测兰小姐是一切的开始。兰小姐在这里接受不孕治疗，而你则负责她的治疗。"

桥本喘着粗气，只是沉默地听着。

"桥本先生，你住在惠比寿的塔式公寓里吧？"

风太错愕地看着雪枝。

"是的，为什么你会知道这个？"

"兰小姐曾经对风太说过她住在那座塔式公寓里，但那里却没有姓本桥的住户。"

"你振作些啊。"雪枝说着把手伸向风太。手异常冰冷,她正在战斗。风太摇摇晃晃地站起身。

"我昨天去过那里了。我跟保安说我有事要去桥本弘人的家,然后他就帮我按铃了。不过当时没人在。"

兰和桥本住在同一栋公寓里已经毋庸置疑了。但是兰竟会是这个男人的妻子,她还生了孩子,而且孩子的父亲还是……

远处传来"嘿哟嘿哟"的口号声,似乎是有很多人在跑步。医院院区和荣王大学医学院的校园是连着的,应该是体育部的学生在锻炼吧。五个人默默听着他们的口号,口号声渐渐远去,但没有看见他们的身影。

"这些并不都是你的想象吧。"桥本调整了呼吸,有点佩服地说。

"如果假设兰小姐是你的太太,那一切就都说得通了。你在你太太身上尝试了还没有被现在的生殖医疗领域认可的治疗方法吧?即使这就是实验,也伴随着风险,但如果对象是自己的家人就可行。但你必须要隐瞒病历。"

雪枝缓缓地诉说着。

"兰小姐顺利生下了那个孩子。于是,你又把在你太太身上实验成功的治疗方法用在了美咲小姐和绘美理小姐身上吧。她们两个也必须得有他人的精子才能怀孕——或许是她们丈夫的精子有问题,又或者她们的伴侣是女性。"

风太用眼角余光瞥到森动了动。或许森和绘美理是一对?风太因狗保姆的工作拜访森时,发现五右卫门对绘美理尤其亲近。

会不会是因为绘美理就住在那间屋子里?这样的想象对于曾经喜欢过绘美理的风太而言十分难受。兰是桥本的妻子,绘美理是森的同性伴侣？风太觉得自己快要疯了。

桥本就像是在听优秀学生解答的教授一般。风太感觉地面正在裂开，他咳嗽了几下，急着想要说点什么，但喉咙却干巴巴的。

"如果是这样……那她们三个为什么会死？桥本先生，她们三个都死了吧？"

听到风太嘶哑的声音，桥本默默地点了点头。风太顿时觉得眼前一黑。他内心的某个角落，一直在抗拒兰的死讯。雪枝交叉双臂。

"桥本先生给三个人实施的是没有通过临床实验的治疗。大概就是因为这个原因，之后三个人出现了严重的不良症状，又或者是后遗症吧。因此，她们三个人都去世了。"

"怎么会……到底是什么样的治疗？"

"虽然在日本没有获得认可，但国际上有很多对母体有风险的先进医疗技术，比如海外已经开始用移植子宫生孩子了。"

"子宫移植？！"

风太的脑子转不过来。

"南原小姐，你查了很多事呢。"

"但是我不知道真相。桥本先生，能请你告诉我们吗？"

雪枝从桥本手中接过手机，又递给风太。风吹过中庭，一片红色的玫瑰花瓣飘然而落。风太盯着兰的博客看，因为脑中冒出的念头而握紧手机。

"桥本先生，是不是你杀了她们三个？"

"风太？"

"你为了隐瞒那所谓先进技术的失败，所以假借治疗杀害了兰、美咲以及绘美理。没错吧？"

风太注视着荣王大学医院生殖医疗中心主任的脸。

"兰……兰她每个星期都会为了还活着而感谢上帝。她想活下去的,你却把她……"

桥本的表情忽然变得扭曲,脸颊上挂着一行泪。风太把已到嘴边的话吞了回去。

不对,这个医生不是那种人,至少风太能够感受到这一点。森走向桥本,递给他一块手帕。

3

"对了,我们进去吧。"

桥本把双手插在白大褂的口袋里后迈开脚步。他走出中庭,朝着有玻璃外墙的建筑物走去。

"走吧。"

意气昂扬的雪枝和风太、裕一郎、森跟在桥本身后。十几层高的大楼墙上挂着生殖医疗中心的标志。

虽然是休息日,但走进大楼却能看到员工的身影。迎面遇上的员工对着桥本深深地低头致意。他们乘电梯到顶层十二楼,宽敞的走廊两侧有几个房间。最深处的大门上挂着刻有"主任室"的金色铭牌。桥本刷门卡解了锁。

房间内部就好像高级酒店里的套房一般。地毯很厚,几乎能把鞋子埋没。宛如美术馆里才有的绝美绘画,古典风格的家饰,最深处是一整面玻璃墙。远处摇曳的鲜艳的黄,应该是神宫外苑的银杏吧。玻璃墙前面是一张厚重的书桌。

"请坐。"

桥本伸手指向中央的沙发。两张象牙色的四人沙发面对面摆着。森走进了左侧的小房间。

"广田君,请他们坐。"

"啊,是。"

风太他们在裕一郎的催促中坐下。桥本坐在三人对面,压低身子与他们保持平视。

"我没想过真木岛君竟然能察觉到。"

桥本脱下白大褂放在沙发上。白衬衫的袖口处,银色的扣子闪闪发光。

"一直到森护士告诉我,我才知道她们曾和你见过面。"

"中心主任,我很抱歉。"

森从小房间里探出头道歉,房间里飘着咖啡的香味。

"没事,你也是之后才察觉的吧。"

"是的,到绘美理的时候才……"

森端着托盘走了过来,将四只咖啡杯分别摆到四人面前后,在后面的椅子上坐下。

"如果你们是媒体或者同行,我绝不会把接下来要说的事说出口。我大概会想方设法地毁了你们吧。"

裕一郎在一旁开口。

"在系统里设置隐藏病历是中心主任的指示吧?"

"是的,是我拜托系统统括部部长做的。"

毫无疑问,这件事牵扯到医院的名誉受损或是丑闻。

"告诉我昨天有人试图用你的ID访问远山美咲病历一事的也是部长。"

风太听到裕一郎咽了咽口水。

"他什么都不知道,仅仅是遵从了我的指示。"

"桥本先生,为什么你肯见我?"

"我和森护士聊了聊,虽然还是很犹豫,但我觉得应该告诉你真相。"

"因为我和她们三个交往过吗?"

"这也是她们的遗愿。"

"遗愿……吗?"

"是的,兰曾经拜托我,说如果你因为察觉到她们的死而来打探,希望我能见一见你。"

"她们三人想对我传达什么?"

"因为你是特别的。"

"我的精子为她们所用这事……"

风太说着看了看正盯着桥本的雪枝侧脸。

"是真的吗?"

桥本拿起冒着热气的咖啡杯,嗅着咖啡的香气喝了一口。

"是真的。"

雪枝坐直了身子。

"我要说的故事很长,你们愿意听吗?"

"当然。"

桥本修长的双腿交叉。

"在我念小学的时候,我得了白血病。"

所谓白血病就是血癌。风太知道这是很严重的病,也因为这突如其来的话题而感到困惑。

"幸好保住了性命,但等待我的是痛苦的治疗。凶猛的抗癌剂加上放射性治疗,这样的治疗持续了好几年。"

"但是治好了吧?"

风太说不出其他话。

"真的很难受,难受得想死,我无数次地想,死都比这舒服。"

相比之下,风太的鬼压床简直就跟屁一样。坐在眼前的这个男人真正体验过死亡的恐怖。

"所以我立志要做医生,我由衷地发誓要帮助那些因为疾病而受苦的人。我想对那些因为不安与绝望而胆怯的人说,没关系的,请放心。"

风太觉得这样的动机很有医生的风范,但他不知道这个话题会延伸到哪里。

"我接受的治疗有副作用,看起来南原小姐已经察觉到了吧?"桥本的语气像是在给学生讲课。

"是对生殖细胞的影响吧?"

或许是因为桥本已经接受了她的说法,雪枝显得很镇定。

"是的。消灭癌细胞的同时也伤害正常的细胞,我接受的治疗对生殖细胞产生了巨大的影响。读医学院的时候我因为怀疑而自己检查过,因为院里就有全套设备。"

桥本喝着热乎乎的咖啡。

"在发现自己无精子之后我很受打击,我就是所谓没种的家伙。"

桥本自嘲似的扬起了嘴角。

"我专门研究不孕治疗,想找到新的治疗方法。因为我想要孩子。我废寝忘食地研究,如果是现在,我大概会用iPS细胞制造精子吧。"

"iPS细胞可以用来制造精子吗?"

听到雪枝的问题,桥本点了点头。

"理论上精子也好卵子也好都是可以的。利用我的皮肤细胞重构的iPS细胞就能制造出含有我基因的精子。我和iPS细胞研究团队也正在合作。"

"但因为伦理方面的问题,这项技术还没有被认可吧。"

裕一郎曾在烤肉店里欢喜地表示,将来可能会有iPS病房楼。

"只是打个比方。"

桥本说得云淡风轻。

"而且那个时候的研究还没有这么进步,我只能使用他人的精子。"

风太忍不住开口。

"所以你就用了我的精子?就像雪枝说的那样,因为我长得像你?但那只限于兰的情况吧?我不理解兰以外的人也用我精子的理由。"

桥本举起杯子看向森:"可以再来一杯吗?"

"你们也喝,森护士泡的咖啡可好喝了。"

森微笑着往空杯子里倒咖啡。

"选择真木岛君精子的理由有好几个,其中之一就是南原小姐说的。"

桥本双手捂着咖啡杯。

"你来医院检查的那天,我也在。护士大呼小叫,说有个和我很像的人来捐精了。"

"我不知道。"

所以当时护士才会盯着自己看吗?

"我偷偷地观察你。当时我正在寻找让我妻子的卵子受精的精子,要和我同样是A血型的精子。"

"风太你是?"

"我也是A型。"

"既然要让别人提供精子,那希望是能和自己有点像的人,有这样的想法是人之常情吧。而且你连身形都和我很像。"

桥本微笑地看着风太。

"即使有血缘关系的父亲另有他人,也没有必要特地告诉孩子。所以,我想做得不让孩子起疑。"

"你刚才说有好几个理由吧?"

"真木岛君,癌症的原因是什么?"

"不是生活习惯吗,比如抽烟还有饮酒过度。"

一旁的雪枝沉下脸,她的尼古丁瘾犯了吧。

"不只是这些。"

"还有……遗传吗?"

"是的,比如在父母抑制癌细胞的基因发生突变的情况下,继承了这种缺陷的孩子也很容易患癌症。孩子对此并不负有责任。"

"原来是这样啊,风太拥有可以抑制癌症的正常基因吧!"

桥本点头。

"基因从卵子和精子中被继承的概率是二分之一。真木岛君的精子里遗传性癌症的风险很低,所以我就用了。"

风太摸了摸鼻梁。

"没想到得不得癌症竟然会事先通过基因来决定……"

"不过,我们还没有弄清楚所有会带来癌症的基因。目前比较有名的像是乳腺癌的BRCAI。你知道吗?"

"BR……"

风太因闻所未闻的单词而缩了缩身子。裕一郎忍不住叫了声"风太"。

"之前安吉的事不是上了新闻,还讨论得沸沸扬扬吗?"

"啊，为了不得乳腺癌而切除了胸部？"

风太是美丽而庄严的安吉丽娜·朱莉的粉丝。

"她的 BRCAI 基因也有缺陷。"

桥本喝了一口咖啡。

"是的，医生诊断她有 87% 的概率患乳腺癌。"

"虽然不是很明白，但意思就是说我的基因很优秀是吧。"

雪枝抿嘴一笑。

"你除了外表之外还有别的优点嘛。"

"我认为，拥有不会让子孙得癌的基因的确是非常好的优点。"

"我以前完全不知道这种事。"

"还有一个重要的原因，等会儿说吧。"

"还有别的要用我精子的理由吗？"

"抱歉说了这么多，还差一点。我和研究室里与我有着同样理想的女性结婚了。"

是兰，兰终于登场了。

"但结婚后第二年的夏天，妻子就被查出了乳腺癌。"

风太不敢看桥本的脸。

"是遗传性乳腺癌。我全力支持妻子的治疗，因为发现得早，癌细胞没有转移，而她也顺利康复了。我们夫妻每天早上都会慢跑，随着慢跑的距离一点一点增加，妻子和我都很高兴。"

桥本淡淡地说着。

"乳腺癌是女性最容易得的癌症，我也必须小心。"

雪枝摸着胸说。

"是啊，这是一种初期发现就能痊愈的癌症，女性最好定期接受检查。还有，一定要戒烟。"

"是啊。"

"如果运气不好病发了需要化疗的话，应该考虑冷冻保存卵子。"

"你的太太就因为化疗而使得卵子受到损伤了吧？所以才没法生小孩，需要你的特别治疗……"

桥本举起双手。

"等下，我还没说完。"

信心满满的雪枝闭上嘴。

"这点你说错了。因为我们想要孩子，所以在开始治疗前就提取了卵子用液态氮气保存了。幸好卵子提取得早，因为那个时候卵子已经开始老化了。"

雪枝一脸意外地盘起腿。

"在对妻子的体力有了足够的信心后，我们决定要小孩。我解冻真木岛君的精子和妻子的卵子进行了显微授精。"

风太想象着自己的精子解冻的场景，心情有点微妙。

"显微授精虽然成功了，但是培养到能植入子宫的优质受精卵只有两枚。而这两枚受精卵都从妻子那里继承了会引发乳腺癌的突变基因。"

雪枝坐不住了，桥本闭上了眼。

"如果就这么把孩子生下来，她们会有相当高的概率患乳腺癌。不论是对我还是妻子而言，癌症就是恶魔，是无法容忍的，我们绝不想让心爱的孩子也受同样的苦。但是……我们已经没有可以受孕的卵子了。"

"怎么会，这也太……"

雪枝惊呼出声，风太浑身颤抖。那个时候，桥本陷入了怎样的绝望啊……他睁开眼，目光怔怔地落在半空。

"我和妻子决定使用长年研究的技术。我很有自信。"

"中心主任,您做什么了……"

桥本涨红了脸,不住用双手摩挲。在他的白衬衫胸口有小小的刺绣——H.H.。

"我用基因组编辑技术,对受精卵里有缺陷的基因做了修正。"

4

只有裕一郎"欸"地叫了一声。之后沉默笼罩着主任室。

"桥本先生……基因组就是基因吧?编辑是指对基因进行操作吗?做这种事没关系吗?"

"设计婴儿①?"雪枝也紧接着风太的提问开口。

"就是这种具有煽动性的名词造成了误解。"

桥本摇头。

"这是预防性治疗。如果这个方法获得认可,将要出生的孩子就能够克服母亲的癌症基因。我妻子有缺陷的基因就能被切断、被修正,还可以使恢复正常的基因遗传给孩子的子孙,将他们从对癌症的不安中解放出来。"

"南原小姐,"桥本温和地说,"如果你将来要生孩子,如果那个时候有一条路能让孩子不得癌症,你会选择走吗?你不认为这是身为父母的义务吗?"

"但是……"

"治疗若能够运用到所有的癌症上,就将成为对不断剥夺人

---

① 即 designer baby,又称"治疗性试管婴儿"或"设计试管婴儿",是指小孩出生前,为了使其具有某些长处或者避免某些缺陷,在出生以前就对其基因构成进行选择。

类生命的癌症的胜利宣言。"

裕一郎欠了欠身，桌上的咖啡泛起涟漪。

"但是……中心主任……这个……"

"我知道这在伦理上有问题。"

虽然桥本打断了裕一郎的话，但裕一郎还是继续说了下去。

"是的，对受精卵的基因组编辑只被允许运用在基础研究领域。在国外，违反这一条的医生不是都受到了猛烈抨击吗？"

裕一郎说得唾沫横飞。

"中心主任，你把那受精卵……植入子宫了吗？而且还是在好几年前？"

桥本顾左右而言他。

"真木岛君、南原小姐，你们听说过试管婴儿这个词吗？"

"嗯，就是通过体外受精诞生的婴儿吧。"

雪枝回答得间不容发。

"最早的体外受精始于一个名叫露易丝的婴儿。事情发生在一九七八年的英国，当时众人称它为试管婴儿并且视其为禁忌，争议甚至上升到了这是不是人体实验的高度。但随着露易丝的健康成长，风险论烟消云散了。"

"如今体外受精已经很常见了。"

"是的，现在每二十人里就有一人是通过体外受精出生的。多亏了这项技术，让因为不孕不育而苦恼的人得到了多么珍贵的幸福与宝物啊。"

风太并不知道，竟然有这么多人是通过体外受精诞生的。

"说不定连真木岛君以及南原小姐也是这么出生的哦。"

风太和雪枝面面相觑。

"这种事是不会告诉孩子的，但这项技术就是这么普及。"

裕一郎怔怔地站着。

"你知道我想说什么了吧,广田君。对生殖细胞进行基因组编辑也一样。为了打消世人没有必要的偏见,就必须有成功的例子。"

"但是……"

裕一郎踉跄地跌坐回沙发。

"就结果而言,我和妻子在婴儿出生前消灭癌症风险这一点上取得了革命性的突破。我们打算等生下来的孩子长大后再发表成果。"

桥本的眼神恍惚,仿佛正在回想当时。

"就在那个时候,妻子的两个女性朋友主动提出想要接受临床研究。如果有复数的成功案例就能增强实验成果的说服力,这是很难得的。"

风太一个激灵,这不就是美咲和绘美理吗?

"其中一个是妻子的好友,也是这家医院的员工。在妻子与乳腺癌斗争的时候,是得到了她的鼓励吧,两人应该聊了很多事。还有一个是她的朋友。她们两个都有会引发乳腺癌的突变基因,而且她们都没有结婚,但想要孩子。因此,她们三人多次见面、商量。她们强烈地表达了无论如何都想要一个女儿的希望。虽说这是她们本身的愿望,但她们却对我说是为了医学。"

"中心主任,选择婴儿性别也是被禁止的。"

"那是极其微小的问题。这可是能不能让乳腺癌从世界上消失的大事。"

裕一郎眼角不禁抽搐。

"她们两个都因为可以不把癌症遗传给孩子,还能为根除乳腺癌做出贡献而双眼发光哦。"

桥本喝空了杯中的咖啡。

"这可是能够名留青史的事。"

"我觉得我有点理解这种心情。"

雪枝小声嘀咕着。

"她们希望使用令我妻子成功受孕的那一份精子。真木岛君,这就是用到你精子的另一个原因。"

"这是什么意思?"

"我说过她们三个是朋友吧。她们想让各自的女儿有血缘关系,从而成为命运共同体。"

"命运共同体?"

"是的,意思就是她们都做好了思想准备,将产下经过基因组编辑后的孩子。她们聊得可热闹了,说好像成了亲戚一样。"

风太接受了自己的精子被三人使用这一事实。

"事实上,我妻子的那两个朋友与其说是亲戚……"

桥本欲言又止,脸上浮出笑容。

"唔,这个没什么好说的。我利用真木岛君的精子令她们两人受孕之后也修正了基因缺陷。"

"成功了吗?"

风太双手紧握。

"成功了。"

"如果是这样,她们三个为什么都死了?有什么地方不对吗?"

"森护士,可以再给我一杯吗?"

桥本站起身走向书桌旁的柜子,那里看起来像是迷你酒吧。他打开玻璃门拿起一个小瓶子,上面贴着赫赫有名的洋酒标签。

"不好意思，我要提个神。"

桥本在森新倒好咖啡的杯子里，滴了几滴小瓶子里的液体。他咕嘟喝了一口，呼地舒了口气，然后看了看手表。

"因为我还编辑了其他基因。"

"脱靶效应……"

裕一郎喃喃道。

"你、你在说什么？"

"就是目标基因之外的基因发生了突变。"

"我使用基因组编辑工具修正了会引起乳腺癌的基因缺陷，这是成功的，完全没有发现异常。但我……却打开了促进细胞老化基因的开关。"

"这太过分了……"

雪枝垂下肩摇头。

"被认为会引发乳腺癌的基因实际上还控制着对细胞老化有影响的基因。我间接地碰到了那个基因。"

风太感觉哪里不对劲。他拼命地试图理解这些专有名词。他感觉到强烈的不自然，虽然他不知道这到底是什么，但桥本的话里有明显的不对劲。他看着两侧的雪枝和裕一郎，他们没有感到奇怪吗？

"复杂的事我搞不懂，结果就是你导致了三名女性的死亡，是吧？"

"是的，南原小姐说得没错，一切责任都在我。"

"中心主任……"

"我要说的话到这里就结束了，但我有事要拜托你们。"

桥本依次望向风太、雪枝、裕一郎。

"还请不要把我的失败公之于众。"

"这话也太不负责了！因为你死了好几个人！你是要让我们装作不知道吗？"

雪枝站起身。

"责任由我来负，我来承受最高刑罚。"

"最高刑罚？"

雪枝弯着腰僵住了。

"我何止没能救助珍贵的生命，我甚至害死了她们。我没有理由也没有资格活着。"

这个人想死。

"桥本先生，你是打算自杀吗？没有人希望这种事发生。"

"南原小姐，我本来就打算死，只不过比预计稍微提前了些。"

"中心主任！"

裕一郎声音沙哑地叫道。

"请不要有这种奇怪的念头。即使在伦理上有问题，但所实施的医疗行为，患者也了解其中的风险，这是为了患者的幸福和医学的进步。如果失败的医生全都自杀了，那就没有医生了啊！迟早有一天，这个世界上还会有别人去做你所做的事。"

裕一郎一口气说完。

"就算桥本先生你死了，兰、美咲、绘美理也不会回来了。"

风太费力地挤出声。

"我再说一次，不要公开因为我的失败导致的死亡事故。"

桥本又看了眼手表。

"如果被世间知道，那么对受精卵进行基因组编辑的道路就会被堵死。很遗憾我出了错，但这项技术可以拯救好几亿人。这个世界上有许多医生和学者为此夜以继日地研究。"

"中心主任……"

"我已经把我所做的事告诉了可以信赖的医生。如果某个国家有望认可经过基因组编辑的胚胎植入子宫,那么就请他把我所发现的癌症基因与老化开关的关系公之于众。"

"你是想说同样的失败不会再发生了是吗?"

风太提高了嗓门。

"你要理解,人类正试图把握美好的未来。只差临门一脚了。"

桥本一脸通红,似乎因为自己说的话而兴奋。

"森护士,咖啡很好喝。"

森"嗯"地应了一声。桥本转向风太他们。

"那么,你们就让森护士带路吧。"

"你说的带路是指去哪里?"

"百合想要对你们揭晓谜底。"

揭晓谜底?百合是谁?

"去吧,我在这里等着。"

"桥本先生,你不会在这期间自杀吧?"

桥本望着雪枝,嘴角扬起笑容。

"怎么可能,我可不能那么轻易地死掉。"

森站起身。

"我们走吧,你们是想要彻底了解真相吧。"

这个故事还有下文吗?如果有我就想知道,我必须知道。

风太看着雪枝和裕一郎的脸说道:"走吧。"

他从柔软的沙发上站起身。

"桥本先生,是不是要公开这件事,我等听了后续以后再做决定。在那之前我保留意见,桥本先生也请保留你的决定。一言为定。"

"我知道了。"

三人朝门口走去。

"啊，真木岛君。"

风太回头看桥本，桥本正站着对自己鞠躬。

"真木岛君，谢谢你。"

5

电梯门平滑地打开后，四人走了进去。

"我在以前就被嘱咐过，如果真木岛先生来了，我就负责带路。"

风太的心绪依旧无法平静。刚才听到的故事令他始料不及，头脑依旧处于混乱之中。森按下楼层键，又在操作面板上刷了卡。四楼的按钮亮了。

"是 VIP 楼层吗？"

"是的，是我的工作岗位。"

森回答了裕一郎的提问后，又看着风太的眼睛。

"我也很想让你见她。"

"百合是人名吗？"

"是的，你见到她后应该就能理解中心主任的话了，还有他对你说的谢谢你的含义。"

高亢的电子声"咚"地响起，电梯门朝左右两侧打开。正前方就是护士工作站。这里似乎是专科住院病房，有两个护士，还有保安。

"这是去探望四〇一号房的客人。"

森走在里面的走廊上。

"这里是特别病房，所有房间都是单人间。患者都是名人以及政治家，来探望的人也是有限制的。"

房门之间的间隔很大，房间应该很宽敞吧。门上没有写住院患者的名字。

他们在墙上挂着"四〇一"铭牌的房间前停下了脚步。

"森护士，那个……"

风太叫住正欲敲门的森。才平静下来的心再次怦怦乱跳。

"百合是谁？"

"见到后你就知道了。嗯，我觉得你一定会知道的。"

"但我心理准备还……"

背上被揍了一拳。

"风太，先去见一见吧。"

森敲了两下门。

"百合，我们进来啦。"

这是一个明亮干净的房间。窗边的床上洒满阳光，一位女性身着病号服背对门坐着。

谁？她是谁？

"欢迎。"

声音沙哑。看到转过身的女性，风太屏住了呼吸。年长的女性正在微笑，他并不认识这样的老人。

不对，等下。风太望着那张布满皱纹的脸，觉得有些熟悉。

"风太，她是谁啊？"

身后传来小声的问话。风太摇头。

"那个……我叫真木岛风太。"

他的话音刚落，女性就笑开了花，脸上的皱纹也随之展开。

"讨厌啦，我知道哦。"

"哎?"

她的语气完全不像老婆婆,仿佛一个开朗的孩子。

"我是兰的妹妹,桥本百合。"

风太张口结舌。

"怎么可能!"雪枝小声地说,"你、你说是她妹妹?"

这是什么玩笑。如果她是兰的家人,那怎么看也该是奶奶吧?风太目不转睛地望着那张皱纹深刻的脸。

有些腼腆的百合确实眉眼间有兰的影子。如果是最后见面时的兰,她再过五十岁一定就是这样的容颜。

但如果是兰的妹妹,那年龄应该还是三十岁左右。她果然还是兰的祖母。

"风太,说不定她有认知障碍。"雪枝低声说。

是嘛,一定是这样。风太的祖父在富山去世前也有认知障碍。连风太都认不出来的祖父在醒着的时候就好像在做梦。

"坐下吧。"

雪枝一声令下,三人在圆椅子上坐下身。森正在整理桌上的花瓶,里面是美丽的玫瑰。连这里也有美咲喜欢的玫瑰。

"我可没有痴呆哦。"

百合扑哧一笑。

"啊,好吧。"

"虽然说出来难以置信,但我才十三岁。"

要怎么回答才好?风太不想出言伤害老人。可以一笑而过吗?风太为难地望向森。

"是真的,百合十三岁。"

"连森小姐都……"

"风太先生,你听爸比说过了吧?"

爸比是谁？

"是的，接下来就轮到百合说了哦。"

森对百合点头示意。

"复杂的我可说不来。"

百合直起身子。

"我是桥本中心主任的女儿。接下来我就告诉你们为什么我会是现在的样子。"

她的声音干脆通透。

"爸比说他修正了受精卵的事吗？"

风太虽然犹豫是不是该认真回答，但他放弃了忽悠。

"桥本先生告诉了我们他修正了受精卵里有缺陷的基因。"

百合"嗯"了一声，似乎很满意。

"那他说没说在怀兰姐姐的时候有两颗受精卵吗？爸比保存了多出来的那颗受精卵。爸比妈咪是想在看到兰姐姐没有任何问题后再怀第二个孩子，也就是我。所以，通过被基因编辑过的受精卵出生的孩子不是三人，而是四人。"

风太听着听着，渐渐不觉得这个老婆婆是痴呆了。

"爸比在对四个受精卵基因组编辑时，按下了细胞老化的开关，引起了基因突变。结果我就成了现在的样子。你知道早老症这个词吗？"

"啊！"

雪枝叫出了声。

"你们听说过阿什莉[1]吧？"

"但是，这也……"

---

[1] Ashley Hegi（1951年5月23日—2009年4月21日），加拿大的早老症患者，日本的综艺节目曾做过她的特集。

雪枝用手指敲着下巴，陷入了沉默。

"电视上经常播放她的特集吧，像是《人类SPECIAL》之类的节目。你们没有看到过急速衰老然后在十五岁左右去世的孩子吗？"

风太咬紧牙关。他回想起在电视上看到的有着老人外表的少女，标题大概就是"基因之谜"或者"现代的罕见疾病"之类。

"百合她们的症状仅仅是衰老速度异常快速而已，阿什莉得的是早年衰老综合征①。早老症也有各种不同情况。"

听到森的补充，百合点了点头。

"好像就是那种病里的一种情况。出生后的一段时间里，我们四个人都是正常的健康小孩，但是到了十岁左右，外表突然开始明显老化。"

风太听到抽鼻子的声音，森正在用手指按眼睛。

"一年就老了十岁，镜子就是我们的敌人。"

风太看着地板抱住头。

"是这样，原来是这么回事。"

听桥本说话时的违和感就是这个！受精卵被改变了。那么受到影响的，不就是通过那些受精卵出生的孩子吗！

"兰姐姐、美咲还有绘美理都对你说她们三十岁左右吧？实际上她们看起来也差不多吧？"

"当然。我一点都没有感到不对劲。"

"但是呢，大家都只有十二岁，是上小学六年级的年级哦。"

眼前的雾霭消散了，风太可以确信，这就是真相。

---

① 即 Hutchinson-Gilford Progeria Syndrome，早期症状包括发育迟缓、局部性硬皮病，当患者过了幼年期之后，其他症状会变得更明显，外表也会有明显不同。

风太飞快地回忆起和她们度过的日子。自己对她们做了又说了什么啊！

　　"我完全不知情，把她们当成和自己同龄的女性交往……我完全不知道她们得了这样的病……"

　　他缺氧般大口喘气。

　　"我……我对她们说了很过分的话。稍微有点呼吸不畅，我就说自己已经老了……还说如果能长寿就带着狗狗环游日本什么的……我还开玩笑似的说了很多关于年龄、寿命的事……她们该有多受伤啊……"

　　"风太……"

　　雪枝把手放在风太的背上。

　　"啊！"

　　风太直起身凝视着百合。

　　"那么、那么她们三个，不对，你们四个都是我的……"

　　百合莞尔一笑，仿佛在说你终于反应过来了。

　　"是哦，真木岛风太先生，你是我们的父亲。"

6

　　"能请你们看一看窗外吗？"

　　三人走到百合手指的窗边。

　　"风太，振作点儿。"

　　裕一郎扶着脚步不稳的风太，可他自己也摇摇晃晃的。

　　"啊，可以看到刚才的玫瑰。"

　　风太走到雪枝身边向下俯瞰，只见中庭玫瑰盛开，美不胜收。

"美咲很喜欢从这里眺望。"

"这里也是玫瑰的海洋啊。"风太说。

"美咲也这么说过。"

从上往下看,会觉得好像只有满满的花瓣浮在空中。

"美咲说也想让风太看看这片玫瑰,所以拜托爸比和你在中庭见面。"

"美咲还说过这样的话……"

"你和爸比说话的时候,我一直都在这里看着哦。"

玫瑰海正中的小池塘里绿水流动。

"美咲以前也在这栋病房里吧。"

"兰姐姐和绘美理也在,病发之后就一直……这里变得好像家一样。我们没法经常外出。"

百合扑哧一笑。

"我们很早就知道,是爸比和妈咪编辑了我们的基因。"

风太不知道该对和自己血脉相连的百合说什么。

"我们四个人经常一起聊天。大概是因为有着相同境遇吧,我们关系非常好。我们搂在一起抱头痛哭,也诅咒自己渐渐不一样的脸。虽然爸比妈咪无数次地赔罪,但我们还是会恨他们。"

风太想对她说点什么,但眼前的少女出生于无法想象的残酷命运之下,他找不到可以安慰、鼓励她的话语。

"我妈咪自杀了。"百合的声音一点都不见阴郁。

雪枝瞥了眼说不出话来的风太后开口:"你的母亲没法原谅自己吗?"

"也有这层原因,但我觉得她是无法忍受看着我们渐渐老去。"

森用手帕按着眼睛,轻轻抽泣。

"我们开始考虑所谓的'今后'。我们想要珍惜剩下的时间。"

"你们太了不起了。"

百合对着雪枝点了点头，又把目光转向风太。

"兰姐姐对我说，不知道我们真正的父亲是怎样一个人。"

她望着风太的眼眸中第一次浮起泪水。

"我们想在死之前见一见我们真正的父亲。我想这也是因为我们的内心深处藏有对爸比的反抗以及不信任。"

森把手巾递给百合。

"妈咪死之前告诉过我们风太先生的事，还说你在从事狗保姆的工作，只要我们想见就能见到。"

"是啊，风太先生不是上班的白领，因此很容易见到。"

"是的。"百合对雪枝表示同意。

"兰姐姐从那时起就成了风太先生博客的读者。"

"你好，我也很喜欢狗狗。"这是兰的第一次留言。

"风太先生，你还记得兰姐姐的博客标题吗？"

"魔法之塔（MAGIC TOWER）吧。"

风太终于说得出话。

"你知道那是什么意思吗？"

"我问过她，但她不肯告诉我。"

在惠比寿看到的魔法般的天空。由橙转粉的明艳色泽渐渐被虚幻的黑暗吞没。

"兰姐姐用那个词来比喻自己变化得快到恐怖的容貌。"

"啊……"

风太紧紧地闭上了眼。

"风太，学校的事她没有撒谎。风太调查的毕业名册是初中的吧。"

风太睁开眼看着雪枝。

"原来是这样，兰只上过小学。"

"我想起来了。兰姐姐是这么说的：'等我们断气后，这个世界和我们有血缘关系的人一定就只剩下提供了精子的父亲。我想去见他。我现在就想去见他。'"

"对我这种人……"

"请不要说'我这种人'。"

"好，抱歉。"

他们对视着笑了。

"因为美咲和绘美理没有爸爸，所以听到这个事后立刻就被吸引了。"

桥本说过提出协助的两人没有丈夫。

"不是经常有那种将要死的人对和自己血脉相连的孩子托付梦想吗？我们是反过来。"

"原来是这样，她们对我托付了梦想。"

"是的哦。但是呢，如果我们突然出现在风太先生的面前，说'我们是用你的精子而诞生的孩子，我们很快要死了'，风太先生，你会怎么样？"

"不好意思，我有点想象不出。"

"会吓傻的吧，一定会觉得我们是疯女人然后逃跑。所以我们就定下了计划……虽然对风太先生你过意不去，但我们决定索性就当成游戏。大家来扮演成年女性成为风太先生的恋人。"

"好厉害。"雪枝温柔地说。

"亏你们想得出来。"

"我喜欢有趣的事。我们还好好地制定了规则哦。"

百合把张开的右手伸到面前，弯下大拇指。

"见面的顺序根据老化到可以与风太先生相配的成年人的脸的先后。所以是从兰姐姐开始。年龄设定是三十岁左右。"

食指。

"交往期间如果老化发展到了会让风太先生起疑的地步,就要分手。游戏结束。"

中指。

"如果被亢奋的风太先生强迫就要逃。逃不掉就要再见。毕竟我们是父女。"

风太不知道自己应该做出什么表情。

"接下去就比较琐碎。"百合说着弯起无名指。

"为了不被察觉到我们是小学生,要表现得像个成年人。这个好像很难。"

她又弯起小拇指。

"谎撒得不好就会露馅,所以一律不提家人和工作。为难了就笑——这成了我们的口号。"

百合握起的手掌啪地打开。

"遵守这五条规则并获得真木岛风太的爱,就算游戏通关。"

风太想紧紧地拥抱百合。

"原来还有这样的规则,这么一来我就能理解很多事了。"

"这个游戏不是大家都通关了吗,风太?"

"我很自信地宣布你们全都大获成功。"

"兰姐姐、美咲还有绘美理都玩得很开心。每次约会前,大家都聚在一起开'作战会议'。服装、化妆、话题、约会地点……大家会提出建议也会否定意见。回来以后就立刻开报告会兼反省会,就是叽叽喳喳热热闹闹的女子会。真好玩啊……"

百合露出怀念的表情。

"虽然只是很短的时间,但我们可以忘记自己的命运。临终前,三人都说能有这段回忆真的太好了……"

风太问出一直想要问的问题。

"但是绘美理她……那个……是她自己……"

"是绘美理自己决定的,她说不想再继续看着自己变成老奶奶。当时我们已经送走了兰姐姐和美咲,也就知道自己是什么下场了。"

百合与森对视一眼。

"她对我千求万求……我和中心主任商量好,决定尊重她本人的意志。而且那也就是时间早晚的问题了。"

"那个,是如何……"

"中心主任把药物一点一点地注入到点滴里,她在睡梦中停止了呼吸。"

风太抓紧双膝。

"她是被你们守护着,毫无痛苦地离开人世的吧。"

"绘美理很满足哦。我们两个还开了告别会,我们一直都在笑。啊,但是……"

百合绽放笑颜。

"她对弄脏了风太先生喜欢的 T 恤那件事有点过意不去。"

风太一直强忍的泪水瞬间夺眶而出。

"百合小姐,可以问你个问题吗?为什么你没有参加这个游戏?"

雪枝的声音也在颤抖。

"我在像大家那样长个子之前就开始衰老了,没办法参加,一米四的身高装成成年人还是有点勉强的……而且如果我和兰姐姐都去见风太先生……我们长得很像,一定会被察觉的。"

风太看着百合瘦骨嶙峋的脖子，这个少女仍在等待死亡。风太暗自庆幸还好自己很瘦，看起来不太健康。

"大家会把拍的照片还有视频给我看，所以我也很享受。"

百合把手伸向床头柜，上面摆着相框。她拿起来给风太他们看。照片中风太站在凉台上，背后是玫瑰的海洋。三人又坐回原来的圆椅子。

"是风太的照片。"

"好壮观的玫瑰园。"

雪枝和裕一郎才说完，照片就变了——风太竖着大拇指站在电影院的海报前。那是他和绘美理一起去看怪兽电影时拍的。因为被电影情节感动，他忍不住就在小卖店里买了纪念T恤。

紧接着又是别的照片。电子相框处于幻灯片模式。

"三个人约会时拍的照片全都在里面。看着这些照片，我就感觉自己好像在和风太先生约会一般。"

"只有我一个人的照片？"

"她们三个都讨厌拍照。"

的确是这样，以前就算把镜头对着她们，她们也会不好意思地躲开。也难怪，这是理所当然的。

电子相框轮番展示照片，每一张里的风太都在笑。风太心中感到内疚，转念又觉得并不该这样。他是在认真地和三人交往，沉醉在与她们的恋爱之中。他认真地参与了女儿们的游戏。

"而且我还会收到小礼物。"

百合望向床头柜上的布玩偶。

"是兰买的小礼物吧。"

"她兴冲冲地说要和风太先生去主题公园，我就拜托她买了。"

此外还有几件小玩意儿。说起来，三个人总是会花很多时间来挑选纪念品。

"咦，这是美咲的贺年片。"

只见床头柜上竖着印有可可照片的明信片，风太也收到过。

"美咲很喜欢做贺年片，她说每年都会寄给小学里的朋友。但是病发以后没法用自己的照片了，所以她拍了许多可可的照片来做。"

那张贺年片是一切的开始。如果那张明信片没有送到风太公寓的信箱，那么风太就不会回送，也就不会收到美咲母亲发出的报丧明信片了。

一想到自己优哉地过着每一天，完全不知晓兰、美咲、绘美理的死讯，风太就想要大喊着狂奔一通。

"直到收到美咲的报丧明信片，我才知道她们三个人遇到了这样的事……"

森投来关切的目光。风太忽然想到一件事。

"美咲的母亲知道这些事吗？"

百合摇头。

"我觉得她不知道。我们约好要保密，而且如果在治疗期间提出要去见父亲的请求，她妈妈也绝对不会同意的。"

"啊，那张照片……"森轻呼。

相框里显示出并排站在五右卫门旁的风太和森。

"她还拍了这样的照片啊。"

照片里风太正在教森怎么拿牵引绳。

"那孩子，总是偷拍。"

听到森的语气，风太忽然想到一件事。如果绘美理当时是十二岁的话……

风太凝视着森的脸。

"森小姐,你和绘美理长得很像。"

"对不起,我一直没说……"森低下了头。

"林绘美理是我的女儿。"

百合伸手握住森的手。

"和风太先生的游戏虽然是我们四个人的秘密,但却被绘美理的妈咪发现了。"

"绘美理的妈咪啊……"

雪枝叹息着附和。

"也没办法吧,毕竟她要照顾我们,不可能注意不到。"

"提出参加桥本先生临床试验的就是森小姐吧。"

"是的,因为我、我母亲还有祖母都患有乳腺癌,于是我接受了基因检查,也因此被查出我也有能引发乳腺癌的基因缺陷。所以我对中心主任夫妇的研究非常感兴趣。"

裕一郎摇头。

"在生殖医疗中心里竟然进行着这种研究还有临床试验。"

"虽说是临床试验,但相关参与者只有中心主任夫妇以及我的爱人,所以谁都没有起疑。"

"是嘛,不过也确实不需要什么特别的手术。看起来和普通的不孕治疗没有区别。"

裕一郎似乎在脑中描绘当时的场面。

"基因组编辑是中心主任一个人做的。虽然比最近开发出的基因组编辑工具花的时间长,但毕竟他是'上帝之手'。"

"森小姐的爱人也同意用风太的精子吗?他不想用自己的精子?"

"我……没法和男性……"

森的语气忽然变得干脆。

"中心主任也说了吧,提出协助的人没有丈夫。"

"那森小姐的爱人是?"

"那啥,"百合插话,"绘美理的妈咪和美咲的妈咪是一对哦。"

原来是这么回事啊。

"南原小姐,刚才你在中庭里说过伴侣或许是女性吧?"

雪枝点头。

"这一点你猜对了。我从桥本夫人那里听说她成功受孕并培养了他们的孩子后,就恳求他们务必帮我们。我的爱人——也就是远山美里,我和她是在乳腺癌患者的交流网站上遇到的。我们两人的境遇相同,觉得如果有要孩子的机会,就想赌一赌。"

"我希望你不要感到不舒服,我觉得这样的人际关系很美好。"

"男人很麻烦吧。"

雪枝击掌叫好。

"正如你所言。森小姐,比起男人来你更想要宝宝吧。"

"是的,我想要可爱的女孩子。试着想一想,我们同性伴侣可以得到精子,而且不是网上卖的那种来历不明的精子,是经过医院检查的健康精子,还不用被问及父亲的情况就能生产,顺带既能消除孩子患癌的风险,又能为医学做贡献。我觉得再没有比这更棒的事了。何况还能为好友的梦想出一份力。"

森双手紧握。

"原本我和美里的卵子就已经在老化了,因为质量很差所以总是没法培育出健康的受精卵。中心主任好像在这上面花了很多工夫。"

"日本的法律上还没有认可同性婚姻吧。"

森眼神锐利地瞪着裕一郎。

"你总是在否定呢,这样是不会进步的。虽然你张口法律闭口法律,但你也知道日本的法律落后世界好远了吧?在这个世界上,LGBT的权利已经被渐渐承认,日本早晚会修改相关法律的。"

"唔,或许吧。"

裕一郎说完之后沉默了。

"总之,美里生下了美咲,我生下了绘美理。我们两人亲如姐妹,能用同一个男性的精子正合意。脸还是要长得像比较好吧。"

"啊,原来如此。所以大家才都用了风太的精子。"

被所有人注视的风太目光闪烁。

"知道百合的计划时我打心底感到吃惊。"

森的手轻轻地放在百合肩上。

"兰和美咲都游戏通关了,接下来轮到绘美理了。我无论如何都想要见一见真木岛先生。"

森对风太微笑着。

"身为护士,我负责照顾兰和美咲,知道在某个阶段之前她们的日常生活不会受到影响。但绘美理还是六年级的小学生,当然还是会担心的。但是呢,我也想了解绘美理和美咲的父亲。正如南原小姐说的那样。而且,我也想见一见进入我体内的精子的正主。"

"真抱歉。"

风太不由自主地说出口。

"你道什么歉啊,见你像个好人我很放心。"

"谢、谢谢。"

"绘美理说如果姓氏一样立刻就会暴露,便自称林绘美理。"

"我们试着藏起了森林里的一棵树。"

百合顽皮地笑着。

"真木岛先生来我家时,我尽力打扮得像绘美理的朋友。要扮嫩十岁可真是够呛。"

"我完全没有怀疑……你们两人一直住在那里吗?"

"一直到美咲发病前,我和美里、绘美理还有美咲四个人住在吉祥寺。"

风太回忆起庭院里落了一地的茶梅花瓣。大家曾一起住在那栋房子里吗?隔壁的主妇说过有一对小学生姐妹经常一起玩,那对姐妹就是衰老前的美咲和绘美理。

"但是呢,事情还是没能一帆风顺……我带着绘美理搬去了现在的家。美里在美咲去世后回了福山老家。"

森的语气还是很开朗。风太觉得这是因为她在百合面前压抑了自己的感情。

"你是因为美里寄来的报丧明信片才察觉到这件事的吧。她以为你也是美咲小学时的朋友了。"

美里在福山的玫瑰公园里咆哮着说过"美咲不可能有你这样的朋友"。风太寄给美咲的贺年片上,地址是用打字机打的,而且照片里只有狗,被当作是小学生寄的也不算奇怪。

"明信片上没有地址,既没有吉祥寺的,也没有福山的。"

"如果是美咲的朋友,就没必要告知地址了吧。美咲已经死了,再也不用互相寄信还有明信片了。我想那也包含了对妈妈朋友们的告别。"

风太瞥了眼雪枝。雪枝曾经说过,那张报丧明信片就好像是用来绝交的。

"美里希望大家能忘记美咲,她自己也想忘记吧。"

森叹了口气,又接了句"我也是"。

"你和南原小姐来找我的时候,我如果没有说连绘美理都不认识的谎就好了。但我回过神的时候,那句话已经脱口而出。我也想在走出医院后就忘记一切啊。但到头来,还是觉得我让你知道绘美理最后的样子,真好。"

风太单手捂眼。

"我也觉得真好。"

"喂,你哭了哦!"

百合把手伸到风太的脸前挥动。

"风太先生,这下你全都明白了吧?"

"啊,是的,虽然有点晕。"

"我一直都想着必须在最后揭晓谜底。"

百合的笑容很有魅力。她在床上坐正后凝视风太。

"爸爸。"

风太感到胸口像是被堵住一般,双膝上的手握在了一起。

"嗯。"

他认真地看着百合,点了点头。

"终于叫出口了。"

风太握住百合的手,那纤细而嶙峋的触感让他不由再度洒泪。

"这是爸爸的恋人吗?"

"欸?不是……"

雪枝踢风太的脚。

"我正是!百合小姐,请多关照。"

"太好了。不然等我死了以后，就再也没人担心爸爸了。爸爸就拜托你了。"

雪枝砰砰地拍着胸口。

"交给我了！"

7

"大家都准备了给爸爸的留言。"

"留言？是什么？"

百合操作电子相框的遥控器，屏幕上显示出少女稚气的脸。

"这难道是兰？"

百合愉快地回答："不，这个是我。"

"是嘛，失礼了。"

"照片都是在大家衰老之前拍的。那么，我就开始播放留言了。"

——初次见面，风太先生。我是百合。很抱歉我们策划了一些奇怪的事。

"我也在最开始出场了一下。"

百合嘿嘿笑着。

"因为我也不知道当爸爸看到这些留言时我会是什么样。"

风太深受感动。

"那么就从兰姐姐开始。"

屏幕里出现了一个身穿套装、化了妆的少女，场景似乎是小学的开学典礼。她和刚才的百合真的没有区别，她曾经是这么一个小不点吗？樱花花瓣漫天飞舞。

——风太，你好吗？

"兰……"

风太站起身。是兰的声音,他从没有忘记。

——对不起,我在年龄上骗了你……

三人的笑声此起彼伏,似乎大家都笑喷了。

"真的呢,兰。"

——但我也真的很辛苦,渐渐地连化妆都没法掩饰了……

风太感到鼻子深处在抽痛。这时,响起了嘹亮的喇叭声,是兰拍的花车巡游的视频。

——来主题公园玩实在是太开心了,谢谢你和我约会……

"我才是……我才是要谢谢你,兰。"

兰鼓励了因高龄犬之死而意志消沉的风太,让他打起了精神。

——你好好吃饭了吗?不会现在还瘦巴巴的吧?第一次见到你的时候,我还想这个人是不是生病了呢。

风太苦涩地笑了笑。

"我最近吃饭很规律了。"

——不要让小孩子担心你哦,爆米花很好吃吧。

爆米花的甜味在舌尖苏醒。

——这是我两岁的照片,你能认出来吗?虽然是严重违反规则的事,但我希望风太察觉到在我身上发生的事……

风太紧紧地闭上眼睛,用拳头擦去热泪后再次睁眼,画面变成了穿着七五三盛装的小女孩。

"是美咲吗?"

——风太君,好久不见。我的演技很棒吧?

"演技过于精湛了……"

风太双膝跪在床头柜旁边,脸几乎贴在了电子相框上。

不管别人怎么说，这个酒窝一看就是美咲的。

——在玫瑰园里说"我们彼此相爱"的时候，我可是流了很多汗哦。风太君呢？

照片变成了玫瑰的海洋。

"我当然、我……"

那天在京成玫瑰园，风太曾想对美咲说，希望今后的交往能以结婚为前提。他拼命地思考了合适的表白的场景以及台词。

——很抱歉，你邀请去房间时我没去，但这并不表示我不愿意。

"呀——"有人发出惊呼，是绘美理的声音吗？接着又响起相处融洽的女孩子们欢闹的声音。

——莫非，雪枝小姐也在？

"在的，我在这里，美咲小姐。"

雪枝就在风太的身边。

——因为雪枝小姐很有力量，我觉得你能搞定风太君。

美咲把雪枝介绍给风太，建议他从事流浪狗救助活动。

——风太君，要保重哦。救助狗狗的工作要好好做哦！

"嗯，嗯。"

风太不住地点头。每一次都会有泪水落在桌面上。风太没法抬起头。

"风太，要看啊。"

雪枝把手搭在风太的肩上，轻轻地扶起他。

泪眼婆娑中，一个戴着眼镜的少女正望着风太，那一本正经的表情很眼熟。

"绘美理……"

——那个，用烤串扔你的事，请你原谅。

笑声再次响起,风太甩了甩头。

"没事的,这种小事没关系的,绘美理。"

——但是,我当时是希望风太先生能好好振作。因为风太先生其实很厉害的。

照片变了,只见绘美理正抱着一只眼神凶恶的法国斗牛犬。

——你一下子就训练好五右卫门的时候,真的好帅。我觉得只要有这个本事就一定能赚大钱。要有自信哦。

风太想起在公园里惊呼"好厉害、好厉害"的绘美理。

——我知道你现在还在做狗保姆的工作。要努力存钱,好好地规划好生活哦。

"对不起,绘美理。"

虽然努力过,但我被炒了。你明明那么煞费苦心地严厉呵斥了我——看到下一张照片,风太"啊"地叫出声。是那个玩具箱一般的小礼品店。

——每次都去同一家店是不是很无趣?这是我在生病前最喜欢去的店。抱歉让你感到无聊了……

绘美理曾在杂货架前搂着优子的手臂跺脚笑。

"大家都没有说谎啊。很抱歉,我竟然怀疑你们。"

——对了,在烤串屋的时候,其实我已经醉了。小孩子不能喝酒的吧?好想再吃一次那里的肉丸啊。

相框里依次展露出四个人的笑脸。

——预备……

——爸爸,谢谢你!

风太的泪水怎么都止不住了。

尾　声

　　风太对着盥洗室的镜子系好了黑色领带，又摸了摸光溜的下巴。自己有多久没把胡子全剃干净了？这时，玄关的门铃响了。又是来劝人加入宗教的吗？
　　"真木岛君，你在吗？"
　　这个声音是……风太慌忙打开门。
　　"局长……"
　　弓着身子的神村看起来个子更小了，他满脸笑容地站在门口。
　　"你怎么到这里来了？啊，我会在规定期限之前把加盟费汇过去的。"
　　汇款期限应该是到这个月底。难不成事务局长亲自来催款？这家伙倒是干得出这事来。
　　"啊，那个没事的。"
　　"欸？"
　　"你暂时不用付。你还是像原来一样，继续做'众乐'的狗保姆吧。"
　　风太低头看着那张国字脸。不能被他骗了。
　　"你没有看主页吗？我今天早上改过了。"

"众乐的主页吗？"

"是的，真木岛君的名字已经'复活'了。那个叫春日的家伙我派他干别的去了，他派不上用场，只有真木岛君才能胜任。"

"为什么，发生什么了？"

神村把一只纸袋推到风太面前，上面印着银座著名百货商店的标志。

"哎呀，细节就无所谓了吧，总之从今天开始还要拜托你咯。这个是有点名气的煎饼，烤了两次哦。吃吧。"

风太完全没弄明白发生了什么。

"那我们就算确认过加盟合约继续有效了。我已经很清楚地表达了这一点，而且本来我也没收到真木岛君的解约书。"

因为他没附上《解除合约协议书》的回寄用信封，风太嫌麻烦就扔在了一边。

"还有，向佐佐木小姐问好。"

他双手紧紧贴在双膝两侧，像军人一般行了个礼。

"哈？什么佐佐木小姐？等下……"

门已经关上了。

风太没有换下丧服就骑着女式自行车去了佐佐木家。神村和佐佐木之间发生了一些事。该不会是佐佐木为了自己去见了神村？如果她为了让风太能续约而听从神村的威胁……风太眼前浮现出朝着胆怯的佐佐木靠近的神村那张卑劣的脸。

风太坐立难安。在骑过平和桥后，他从口袋里拿出手机。虽说今天是周日，她应该在家，但还是打个电话以防万一吧。

"哎呀，真木岛先生，怎么了？"

"不好意思突然打电话给您。我现在去府上方便吗？"

"欸？好。但是我没有化妆……这可如何是好。"

佐佐木叽叽喳喳地说。

"没关系,我已经快到了。"

风太挂断电话后起身用站姿踩着踏板。离佐佐木的公寓还有不到五分钟。

"欢迎光临。哎呀,这丧服……发生什么事了吗?"

佐佐木在门口迎接风太,她看起来很开心。LUCKY用一个冲撞来迎接风太,它看起来也很开心。

"正好有丧事……我马上就走。"

风太对着LUCKY的脸一通揉捏后抬起头。

"啊,胡子没了……"

"这个不是重点。请问,你是不是为了我的工作和神村先生说了什么?"

"神村先生?"

"就是'众乐'的事务局长。"

"没有。"

"但是神村先生说让我向佐佐木小姐问好。"

是别的佐佐木小姐吗?但是风太不认识其他姓佐佐木的人了……

"啊,莫非是那件事?"

佐佐木抱起LUCKY。

"我只是询问了一下宠物商店联盟,问他们知不知道一家叫'众乐'的公司突然解除加盟合约的事。"

风太听到宠物商店联盟的名头后,张开的嘴怎么都合不上。

"解除合约……莫非是指?"

"当然是指真木岛先生的事哦。因为那很过分啊,突然就单方面辞退你。"

"这个……确实是这样。"

"我说了句'听说是你们理事长那边的子公司',然后理事长就来接电话了。"

宠物商店联盟的理事长?

"只是因为佐佐木小姐的询问,理事长就出面了吗?"

"就那啥,因为我在环境省工作,在我管辖范围内嘛。"

"这哪里是什么'就那啥',佐佐木小姐……"

风太完全不知道,这个人竟然是宠物业管理机关的领导吗?

"我们一般称之为施加压力。"

"讨厌,哪有那么夸张。我说了只是单纯的询问。"

佐佐木看似困扰地涨红了脸。

"我给真木岛先生添麻烦了吗?"

风太忍不住想笑。

"怎么会!下次我带LUCKY散步,免单。"

陪你喝红酒也行……风太在心中暗想。

百合的葬礼在一间小巧干净的礼堂悄然举办。葬礼庄严肃穆,似乎是由保管桥本遗书的律师负责安排的。

风太在火化炉前和百合告别,他在洗手间里哭了一会儿后离开了会场。

白烟缓缓地升上天空。和自己血脉相连的女孩子上了天堂。风太怀着不可思议却又平静的心情仰望着那缕白烟。

"希望她能安眠。"

雪枝站在风太的身边。两人一起在那间病房里陪着百合到最后一刻。

"是啊,不过或许她没有睡。兰、美咲、绘美理不都在等她嘛。现在她们四个正在开女子会吧。"

"是啊,或许她们正在大聊特聊女生话题呢。"

百合在昨天早上停止了呼吸。距离在病房里见到她已经过了三个星期,她离开人世的时候很安详。风太和雪枝去探望过百合好几次,感情也变得非常融洽。风太还把超可爱的狗宝宝藏在怀里带进过病房。

百合激动得大叫,也因此引来了森的一顿臭骂。但大家都捧腹大笑。

"他们大概正热火朝天地聊着风太你的事吧。"

每一次风太都被百合缠着说和三人约会时的事。

"哪里哪里,她首先要报告的是雪枝的名推理吧。"

胸口吃到一记重拳。

穿着黑色套装的雪枝满脸通红。

"我都想找个洞钻进去,再浇上水泥封好。"

"百合不是很佩服你嘛。"

"那个叫作捧腹大笑。"

雪枝想出来的"三人孕妇说"切中了百合的笑点,她笑得让森都不由担心起来。之后她还频频点头。

"但是我在见到百合之前是相信你的推论的。"

"我也是,雪枝小姐。"

裕一郎站在他们身后。

"而且不是有一半以上是正确的推论嘛。"

"连裕一郎君都这么说。快点儿忘掉啦!"

雪枝扭着身子。

"森小姐很感谢我们,她说'在生命的最后能得到这么幸福的时光，百合她是多么开心啊'。"

森代替百合的家人留在等候室里。

雪枝"唔"地举起双臂伸了个懒腰。她的视线尽头是那道烟。

"是啊，百合开心就好。"

"就是这样。"

三人眺望了好一会儿白烟。

"裕一郎，医院那边稳定吗？"

"嗯，中心主任似乎为了避免引发混乱，事先做过周到的准备。"

那一天，当风太他们从百合的病房回去时，桥本已经咽气了。他滴在咖啡中的那个小瓶子里装的不是洋酒，而是毒药。桥本从一开始就打算了断，虽然森没有承认，但她应该是知情的吧。

关于桥本自杀的原因，官方说法是由于繁忙工作而产生的压力。为此，桥本事先就已经把遗书交给律师保管，又因为他没有家人来出面质疑死因，所以没有引发太大的骚动。

"谢谢你们没有把这件事公之于众。"

裕一郎对着风太和雪枝低头。

"裕一郎君，你不用为这个道谢啊。"

"是的，我们只是想安静地送走百合。"

虽然桥本自己了断了性命，但他让四名少女身陷不幸的罪孽无法饶恕。可是如果要把这些事公开，媒体一定会添油加醋、大肆渲染吧。即使已经不在人世，桥本夫妻也一定会受到严重谴责，名誉扫地。

兰、美咲、绘美理、百合，谁都不希望这种事发生。风太和雪枝在见到百合后，清楚地了解了四个人的心情。而且，风太也不愿发生在少女们身上的容貌变化被人当成趣闻津津乐道。

"裕一郎君，我希望你能告诉我一件事。"

"哈哈，什么事？"

"在那之后我学了很多，像是基因组编辑还有生殖医疗的事。"

"雪枝小姐真是个勤奋的人。"

"现在不是有个大新闻嘛，有位中国的学者做了和桥本先生相同的事吧。"

"啊，我也看过那个新闻，他培育出了一对双胞胎吧。"

风太知道媒体正为了世界首例基因组编辑婴儿而闹得沸沸扬扬。而且，他也知道那其实并不是世界首例。

"虽然目前还不清楚详细情况，但似乎是真的。"

"这说明全世界都不顾风险地在想这个领域竞争吧。"

"早晚会有人踏入这个领域，这只是时间问题。"

"这还是因为CRISPR让基因组编辑变得简单了吧。"

"简单了也是问题。"

"是啊，但是……"雪枝说着顿了顿，"桥本先生在十五年前没有靠CRISPR技术就成功了。"

"也说不上是成功。"裕一郎摇着头说。

"雪枝小姐，你希望我告诉你什么事？如果是我可以回答的，你尽管问。"

"嗯。桥本先生是在检测了兰她们的受精卵，发现了基因突变后才做的基因组编辑吧。"

"对，是这样。"

"但是基因组编辑是在受精卵分裂之前，也就是在受精卵还只是一个细胞的阶段进行的吧。"

"是的，这样一来，分裂后的细胞全都会保留编辑后的基因。"

"对对，但是资料上写的检测诊断着床前DNA是在受精卵分裂到四个或者八个的时候，从受精卵里取出一两个细胞来检查。"

风太插嘴："为啥啊，雪枝？在还是一个的时候检测不就好了吗？"

"检查过DNA后，这个细胞就会被破坏，会死掉的。"

"欸，那不就没法编辑——不对，是这个受精卵不就没法用了吗？"

"风太你安静点。"

"我也不知道真正的情况是怎样。"

裕一郎先铺垫了一下才开始说。

"我觉得，中心主任检测DNA恐怕是在受精卵分裂之前。"

"喂喂，裕一郎，如果这么做受精卵不就死了吗？兰她们不就没法出生了吗？"

"真是的，风太，STAY！"

风太闭上嘴用鼻息作答。

"虽然是还在开发中的技术，不过可以用受精卵的培养液来检测DNA。"

"真的吗！"风太忍不住叫出声。

雪枝用食指敲着自己的下巴，闭上眼。

"受精卵的DNA会渗入培养液，虽然只是微量，当然是从分裂之前就会有哦。据说能检测出来。"

她又睁开眼。

"还能做这种事……"

"虽然还不确定，但似乎是可以的。所以只要在受精卵分裂前检测DNA，发现突变后立刻做基因组编辑就可以了。"

"如果这种事能轻易实现，那就真的可以自由改变将要出生的孩子的基因了。这真的就是设计婴儿。"

裕一郎看了看周围，压低了嗓音。

"光是这个技术早就开发完成这件事，就可以让世界上的医生、研究员晕倒了。"

两人神情严肃地对视。

"唔，是这么回事吧，这是和我这个狗保姆八竿子打不到的事。"

"这倒也是。"裕一郎说。

"风太真是漫不经心啊。"雪枝说。

"还有，据说森小姐从医院辞职了。"

"已经没有她要守护的人了。她是这么说的。"

"说起来……"裕一郎望向雪枝，"她说受邀加入'汪汪救助队'了，还笑着问我'怎么办'。"

"是的，我们正在物色新人。如果森小姐这样的人能加入，那真是帮大忙了。"

要守护好森——这是风太和雪枝共同的决心。

"那么，在这里应该可以了吧？"

雪枝兴高采烈地掏出烟。

"烟还是戒了的好。桥本先生也叫你注意了吧？"

"我在忍的！但是，看着这白烟我就……"

她已经开始飞快地吞云吐雾了。

"放肆的家伙。"

"只抽一根！戒烟积累压力吧，我觉得这样反而对身体不好。"

雪枝深深地吸了一口，把还剩很长一截的烟拧熄在便携烟灰缸里。这样的进步令人惊讶。裕一郎垂下了眼角。

"雪枝小姐，你们好像要把'汪汪救助队'做成NPO组织？"

"是的，和办领养会的其他团体一起。"

"欸，是这样吗？"

风太第一次听说。

"好像是佐佐木小姐向我们队长提出的建议。不知为什么，事情进展得很顺利。"

虽然佐佐木一句都没有提，但如果有环境省的官员支持，那项目自然能高速推进吧。

"不但有补助金，还打算在全国范围募集捐款，还要不断扩大活动规模，更积极地宣传。如果能这样，相信还能给风太以及员工们发工资。"

"哇哦……还有工资吗？"

"因为必须让你们卖力工作嘛。"

百合所乘的那道白烟袅袅上升。

"要好好干哦，爸爸。"

雪枝拍了拍风太的背。

"爸爸？"

"风太是那些孩子的爸爸哦。"

裕一郎垂着眼角表示同意。

"我认为风太在那天和四个人名正言顺地认了亲。"

"认亲吗，嗯，确实是。"

"是吧，所以不要让在天堂的女儿们担心哦。"

"好嘞，交给我吧！"

风太用力收了收腹，肚子却发出了咕咕的叫声。

"真是的，爸爸，都叫你要好好干了。"

雪枝笑着说。

上次吃饭是什么时候？小鸟发出婉转可爱的叫声，顺着百合的烟展翅飞翔。裕一郎把手搭在风太的肩上。

"喂，风太，你听到了吗？她们在说'爸爸，要好好吃饭'。"

雪枝拉起风太另一只手。

"走了风太，去吃饭吧。"

MABOROSHI NO KANOJO
© Ayumu Sakamoto 2019
All Rights Reserved.
Original Japanese edition published by Kobunsha Co., Ltd.
Publishing rights for Simplified Chinese character arranged with Kobunsha Co., Ltd.
through KODANSHA BEIJING CULTURE LTD. Beijing, China.
Simplied Chinese edition copyright: 2024 New Star Press Co., Ltd.

图书在版编目（CIP）数据

虚幻女友 /（日）酒本步著；星野空译 . — 北京：新星出版社，2024.5
ISBN 978-7-5133-5272-7

Ⅰ . ①虚⋯ Ⅱ . ①酒⋯ ②星⋯ Ⅲ . ①推理小说 – 日本 – 现代 Ⅳ . ① I313.45

中国国家版本馆 CIP 数据核字 (2023) 第 151010 号

午夜文库
谢刚 主持

虚幻女友

[日] 酒本步 著　星野空 译

责任编辑	王　萌
责任校对	刘　义
责任印制	李珊珊
封面绘图	KEN
装帧设计	冷暖儿

出 版 人	马汝军
出版发行	新星出版社
	（北京市西城区车公庄大街丙 3 号楼 8001　100044）
网　　址	www.newstarpress.com
法律顾问	北京市岳成律师事务所
印　　刷	北京天恒嘉业印刷有限公司
开　　本	910mm×1230mm　1/32
印　　张	6.625
字　　数	92 千字
版　　次	2024 年 5 月第 1 版　2024 年 5 月第 1 次印刷
书　　号	ISBN 978-7-5133-5272-7
定　　价	49.00 元

版权专有，侵权必究。如有印装错误，请与出版社联系。
总机：010-88310888　传真：010-65270449　销售中心：010-88310811